KJB

Gillian Philip lebt mit ihrem Mann, ihren beiden Kindern und sehr vielen Haustieren in Schottland. In Deutschland hat sie bisher fast alle ihre Kinder- und Jugendbücher unter Pseudonym veröffentlicht, unter anderem schreibt sie für ›Beast Quest‹ und als Teil des Erin-Hunter-Teams die ›Survivor Dogs‹.

Alle Bände der Serie:

Die Geheimnisse von RAVENSTORM ISLAND

Band 1: Die verschwundenen Kinder
Band 2: Das Geisterschiff
Band 3: Der Mondsteinturm *(erscheint im Herbst 2016)*

Weitere Bände sind in Vorbereitung.

Weitere Informationen zum Kinder- und Jugenbuchprogramm der S. Fischer Verlage, auch zu E-Book-Ausgaben, gibt es bei *www.blubberfisch.de* und *www.fischerverlage.de*

Gillian Philip

Die Geheimnisse von Ravenstorm Island

Die verschwundenen Kinder

Aus dem Englischen
von Katrin Segerer

KJB

FSC
www.fsc.org
MIX
Papier aus verantwortungsvollen Quellen
FSC® C083411

2. Auflage: April 2016

Erschienen bei FISCHER KJB

Die englische Originalausgabe erschien 2014 unter dem Titel
Mysteries of Ravenstorm Island. The Lost Children
bei Orchard Books, London

Series created by Working Partners Limited

Für die deutschsprachige Ausgabe:

Covergestaltung und Kapitelanfangsvignetten: Punchdesign
Satz: Pinkuin Satz und Datentechnik, Berlin
Druck und Bindung: CPI books GmbH, Leck
Printed in Germany
ISBN 978-3-7373-5213-0

Für Lulu,
die einmal genau so ein Zimmer hatte
wie Melody

1

Ein Windstoß zerriss die Nebeldecke. Aus dem Meer ragte ein gezackter Umriss, wie ein Ungeheuer, das zum Luftholen auftauchte. Molly Cornell lächelte.

»Sieh mal, Jack«, rief sie. »Da, die Insel Ravenstorm.«

»Wo? Lass mich auch mal schauen!«

Ihr kleiner Bruder löste seinen Gurt und kletterte über Mollys Schoß zum Flugzeugfenster.

»Autsch! Pass mit deinem Fuß auf.«

»Du bleibst besser angeschnallt, junger Mann«, rief der Pilot über die Schulter.

»Da hörst du's!« Molly rang mit dem murrenden Jack, um ihn wieder zurück auf seinen Sitz zu verfrachten. »Keine Sorge, gleich können wir uns die Insel aus der Nähe anschauen«, beschwichtigte sie ihn.

»Aber ich will den Flughafen sehen!«, protestierte Jack.

»Den wirst du nicht finden, den gibt's nämlich gar nicht. Mum und Dad haben gesagt, dass man nur mit dem Wasserflugzeug zur Insel kommt. Oder mit dem Schiff – aber der Hafen ist winzig.«

»Cool«, flüsterte Jack. »Ich will den Hafen sehen.« Er griff schon wieder nach seinem Gurt.

»Bleib sitzen!« Genervt hielt Molly ihn mit einer Hand fest und kramte mit der anderen in ihrer Hosentasche. »Soll ich dir einen Zaubertrick zeigen?«

»Aber einen guten.« Jack verschränkte die Arme.

Molly zog eine Münze hervor und nahm sie zwischen Daumen und Zeigefinger. »Hokuspokus Fidibus!« Mit geschlossenen Augen und geheimnisvoller Miene ließ sie die andere Hand langsam auf die Münze zuschweben. »Uuund weg ist sie!« Sie zeigte Jack ihre leeren Hände.

Ihr Bruder kniff kritisch ein Auge zu. »Jetzt bring sie wieder zurück.«

Molly strich über ihre Faust und öffnete sie. Und tatsächlich: Die Münze lag wohlbehalten in ihrer Hand. »Tada!«

Jack verdrehte unbeeindruckt die Augen. »Das war der Verschwindegriff. Ein richtiger Babytrick. Hat mir Mum schon gezeigt. Jetzt lass sie durch den Kopf wandern.«

Molly unterdrückte ein Lachen, als sie die Münze zurück in die Ausgangsposition schnippte. »Okay, dann pass mal auf.«

Wenn ihre Eltern von der Sommertournee zurückkamen, mussten sie ihr unbedingt ein paar neue Tricks beibringen. Jack war echt anspruchsvoll für einen Vierjährigen. Als Nächstes würde er verlangen, dass sie jemanden in zwei Teile zersägte. Das müsste dann wohl der einzige andere Passagier in dem kleinen Flugzeug sein, dieser Junge mit der ziemlich teuer aussehenden Schuluniform, überlegte Molly. Seit sie eingestiegen waren, hatte er nicht ein Mal den Mund aufgemacht, sondern nur gelesen oder aus dem Fenster gestarrt. Molly fragte sich, ob er wohl auch Verwandte auf Ravenstorm besuchte, so wie sie und Jack.

Für die Geschwister war es nichts Neues, den Sommer ohne ihre Eltern zu verbringen – die *Unglaublichen Cornells* waren während der Ferienzeit enorm gefragt für Auftritte in Clubs und Hotels –, aber bei den Wolfreys auf Schloss Ravenstorm waren sie noch nie gewesen. Molly konnte sich nicht mehr an Onkel Bill und Tante Catherine erinnern, und Jack hatte die beiden überhaupt noch nie getroffen. Bill und Catherine hatten nur ein Kind, ihren Sohn Arthur, und der war so alt wie Molly. Was bedeutete, dass Jack niemanden zum Spielen haben würde. Ohne ein paar neue Tricks könnte der Sommer lang werden. Wenn sie doch bloß *wirklich* zaubern könnte …

Jack rutschte schon wieder auf seinem Sitz herum, und seine Hand wanderte zum Verschluss des Gurts.

»Nicht, Jack. Bleib sitzen, ja? Wir fliegen eine Kurve. Schau, da! Jetzt kannst du die ganze Insel sehen.«

Wow, dachte Molly. Hoffentlich war Jack genauso beeindruckt wie sie.

Die Insel war zwar klein, wirkte von hier oben aber wie eine völlig andere Welt. Das azurblaue Meer schillerte durch den Nebelteppich und säumte die Sandbuchten mit winzigen weißen Wellen. Hinter dem Hafen schlängelten sich enge Gassen zwischen Häusern aus hellem gelblich grauen Stein hindurch. Das Dorf sah so niedlich aus, als wäre es einem Bilderbuch entsprungen. Molly konnte einen Kirchturm erkennen, ein Stückchen weiter einen weißen Leuchtturm an der Steilküste und dahinter ein riesiges Herrenhaus mit einem hochaufragenden Turm und noch mehr kleinen Türmchen, außerdem mit Stufengiebeln, die wie kleine Treppen das Dach einrahmten.

»Boah!« Jack stand der Mund offen. »Molly, guck dir das Schloss an!«

»Wunderschön! Und der Garten erst!« Von oben betrachtet, wirkten die Rasenflächen und Hecken, als wären sie mit Minischeren in raffinierte Formen geschnitten worden. Noch nie hatte Molly so viele verschiedene Grüntöne gesehen. Als das Flugzeug sich noch einmal zur Seite neigte und das Sonnenlicht auf der Tragfläche blitzte, konnte sie hinter dem Herrenhaus einen dichten Wald ausmachen, geheimnisvoll und verlockend. Sie flogen jetzt so tief, dass sie einen Schwarm Raben erschreckten, der panisch von den Baumwipfeln aufflog.

»Schloss Ravenstorm«, murmelte Molly. »Das muss es sein.«

»Also, mir gefällt es«, erklärte Jack.

Na, Gott sei Dank, dachte Molly und lächelte in sich hinein. Wenn Jack sich erst einmal etwas in den Kopf gesetzt hatte, blieb er auch dabei. Ihr Zuhause für diesen Sommer würde ihm gefallen, das war sicher.

Molly war auch ziemlich sicher, dass sie sich hier wohl fühlen würde. Schloss Ravenstorm sah aus der Luft schon imposant aus – von unten war es bestimmt überwältigend. Als das Flugzeug wieder zurück in die Waagerechte kam, vergaß Molly ihre Ermahnungen an Jack und beugte sich selbst vor, um noch einen Blick auf das Schloss zu erhaschen. Die Wolfreys hatten es mitsamt der ganzen Einrichtung gekauft, und ihre Mum hatte ihr verraten, dass Tante Catherine und Onkel Bill hofften, ein paar verborgene Schätze für ihr Antiquitätengeschäft zu entdecken. Während Molly die prunkvollen Türmchen bestaunte, stellte sie sich alte, seit Jahrhunderten ungeöffnete Wandschränke vor, schaurige Turmzimmer und dunkle Geheimgänge. Vielleicht würde es doch nicht so schwierig werden, Jack zu unterhalten. Dieser Sommer könnte für sie beide richtig aufregend werden.

»Hey! Dein Gurt!« Jack deutete auf ihren Schoß, das Gesicht rot vor Entrüstung.

Mit einem reumütigen Lächeln schnallte Molly sich wieder an. Schloss Ravenstorm hatte sie so in seinen Bann gezogen, dass sie unwillkürlich den Gurt gelöst hatte. »Du hast recht, Jack, tut mir leid. Willst du jetzt mal die Münze verschwinden lassen? Du kennst doch auch tausend Zaubertricks. Hier bitte. Wie wär's, machst du auch den Verschwindegriff?«

Jack war sofort versöhnt und brannte darauf zu zeigen, was er konnte. Er nahm die Münze zwischen Daumen und Zeigefinger und drehte sie hin und her, damit Molly sie in Augenschein nehmen konnte. Dann ließ er sie blitzschnell im Mund verschwinden.

»Jack!« Besorgt streckte Molly die Hand nach ihrem Bruder aus, zog sie aber gleich wieder zurück, aus Angst, er würde die Münze dann verschlucken. »Lass das, du erstickst sonst noch!«

»Gar nicht!« Mit einem selbstzufriedenen Grinsen zog Jack die Münze aus seiner Hosentasche. »Siehst du, ich bin auch ein *Unglaublicher Cornell*!«

Molly wusste nicht, ob sie stolz oder wütend sein sollte. »Du hast mich echt erschreckt, du kleiner Teufel.«

»Sei doch nicht so eine Langweilerin«, bemerkte eine fremde Stimme abschätzig. »Ich fand den Trick super.«

Überrascht wandte Molly sich um. Der Junge in der Schuluniform, der mit ihnen im Flugzeug saß, war so vertieft in sein Buch gewesen, dass Molly ihn schon ganz vergessen hatte. Zumindest hat er so getan, verbesserte sie sich im Stillen. Offensichtlich hatte der Junge sie heimlich beobachtet, und jetzt besaß er auch noch die Frechheit, Molly vor ihrem Bruder zu beleidigen. Dabei hatte er sich noch nicht einmal vorgestellt. Der glaubt wohl, das hat er nicht nötig, dachte Molly ärgerlich; nur die richtig teuren Schulen hatten diese lächerlichen Käppis und Jacketts mit dem Schulwappen darauf als Uniform. Sie funkelte ihn wütend an, und der Junge stierte zurück.

Das Flugzeug wackelte, als wäre eine gigantische Faust dagegengedonnert. Molly schnappte nach Luft. Augenblicklich vergaß sie das Wettstarren mit dem seltsamen Jungen und packte Jacks Hand, als das Flugzeug sich jäh nach unten neigte. Wolkenwände rasten an ihnen vorbei, dann brachen sie durch das Weiß und steuerten auf den kleinen Hafen zu. Molly zuckte zusammen, als ohne Vorwarnung Regen gegen das Fenster neben ihr prasselte. Ganz plötzlich war ein Gewitter aufgezogen, und heftige Windböen warfen das kleine Wasserflugzeug hin und her. Ängstlich überprüfte Molly noch einmal Jacks Gurt.

»Alles in Ordnung, keine Sorge«, rief der Pilot mit heiterer Stimme über das Getöse von Motor und Wetter hinweg nach hinten. »Das sind nur ein paar kleine Turbulenzen. Euch kann nichts passieren.«

Wehe, dieser Junge lacht uns aus, dachte Molly.

Ein schneller Blick über die Schulter genügte, um sie zu beruhigen: Der Junge umklammerte die Armlehnen seines Sitzes so fest, dass seine Fingerknöchel weiß hervortraten, und seine Lippen waren zusammengepresst, als müsste er sich beherrschen, nicht loszuschreien. Sofort bekam Molly ein schlechtes Gewissen.

»Keine Angst«, sagte sie, »der Pilot meint, das sind nur –«

»Turbulenzen«, blaffte der Junge. »Ich hab ihn auch gehört, ich bin ja nicht taub.«

»Okay. Ich hab nur gedacht …«

»Mir geht's gut. Kümmere dich um deinen eigenen Kram.«

Molly fand, dass der Junge überhaupt nicht den Eindruck machte, als ginge es ihm gut, aber sie zuckte die Achseln und drehte sich wieder um. So wie der sich benahm, würde sie nicht noch einmal versuchen, ihn aufzumuntern. Ihr fiel ein, wie klein die Insel Ravenstorm von oben ausgesehen hatte, also würden sie diesem unausstehlichen Kerl bestimmt noch über den Weg laufen. Viel zu oft, wahrscheinlich.

Das Flugzeug ruckelte und schaukelte, als der Pilot zum Landeanflug ansetzte. Ein harter Aufprall, dann ein zweiter und ein dritter, und sie standen schwankend vor der Hafenmauer. Aus dem Cockpit drang Schalterklicken, während das Flugzeug träge in die ruhigen Hafengewässer tuckerte.

Molly hörte sich erleichtert aufseufzen. Sie wollte wieder nach Jacks Hand greifen, aber die nestelte bereits an seinem Gurt. Ihr kleiner Bruder sprudelte fast über vor Aufregung und hatte kein bisschen Angst.

»Der Steg bewegt sich«, rief er.

Molly war schon aufgestanden, um ihr Gepäck einzusammeln, beugte sich aber noch einmal hinunter zum Fenster und spähte in den Regen. An der Hafenmauer war ein schwimmender Steg aus Holz befestigt, der im Takt der Wellen wippte. Am Ufer stand eine einzelne Gestalt, die in der einen Hand einen riesigen Regenschirm hielt und mit der anderen begeistert winkte.

Der Schuluniformjunge drängelte sich so schnell an Molly vorbei, dass er ihr beinahe den Koffer aus der Hand gerissen hätte. Molly drehte sich empört um und wollte ihm schon die Meinung sagen, als sie bemerkte, dass sich seine Muffelmiene endlich aufgeheitert hatte; strahlend winkte er dem Mann mit dem Regenschirm.

Der Pilot schob die Kabinentür auf und sprang auf den

Schwimmsteg. Der Junge stieg als Erster aus – war ja klar, dachte Molly –, aber Jack folgte ihm auf dem Fuß. Nachdem der Pilot ihre Koffer entgegengenommen und auf den Steg gehoben hatte, hüpfte auch Molly hinunter.

»Viel Spaß euch dreien«, rief der Pilot, bevor er zurück ins Flugzeug kletterte.

Molly wischte sich den Regen aus den Augen und suchte den fast menschenleeren Hafen ab. Ihre Eltern hatten ihr versichert, Onkel Bill und Tante Catherine würden sie abholen kommen, aber von einem Erwachsenenpaar war weit und breit keine Spur. Molly knabberte besorgt auf ihrer Unterlippe herum. Die beiden hatten sie doch wohl nicht vergessen?

Während sie zum Ufer liefen, schwang Jack Mollys Arm im Rhythmus des Seegangs. Der stürmische Wind blies ihnen kalten Nieselregen ins Gesicht, und rechts und links neben dem schmalen Steg schlugen die Tropfen kleine Krater ins Wasser. Nicht gerade ein heiterer Start in die Ferien, dachte Molly, aber da Jack sich die Laune nicht verhageln ließ, sollte es ihr auch egal sein.

Als der Schuluniformjunge fast am Ende des Stegs angekommen war, fing er an zu rennen, kletterte ans Ufer und stürzte sich in die Arme des Regenschirmmanns. »Dad!«

»Willkommen zu Hause.«

Jetzt schaute der Regenschirmmann sie und Jack an. Molly rutschte das Herz in die Hose. Sein herzliches Begrüßungslächeln bestätigte ihre schlimmsten Befürchtungen.

Er streckte die Hand aus und half zuerst Jack, dann Molly an Land.

»Und ihr müsst Molly und Jack sein«, sagte er.

»Ja«, antwortete Molly mit matter Stimme und versuchte, das blanke Entsetzen im Blick seines Sohnes zu ignorieren. »Und du bist …«

»Euer Onkel Bill, genau! Eigentlich wollte eure Tante auch mitkommen und euch begrüßen, aber sie fühlt sich heute schon den ganzen Tag schrecklich schlapp. Kein Grund zur Sorge, Arthur, in ihrem Zustand ist das völlig normal.« Er drückte den Arm seines Sohnes und lachte. »Mensch, bist du groß geworden, Molly! Eine dumme Floskel, ich weiß, aber Tante Catherine und ich haben dich das letzte Mal vor zehn Jahren gesehen, da warst du zwei!«

»Okay, und *ich* bin Jack«, unterbrach Mollys Bruder ihn. »Mich habt ihr noch *nie* gesehen.«

»Richtig.« Onkel Bill ging in die Hocke und schüttelte ihm die Hand. »Freut mich, dich endlich kennenzulernen, Jack.« Er stand wieder auf und lächelte sie alle an. »Aber das Allerbeste ist ja, dass ihr euren Cousin Arthur schon im Flugzeug getroffen habt. Super! Dann muss ich euch gar nicht mehr vorstellen.«

Von wegen, dachte Molly, während sie und Arthur sich finster anstarrten. Zum Vorstellen sind wir noch nicht gekommen, wir waren viel zu beschäftigt damit, uns zu streiten.

»Ja, echt *super*«, knurrte Arthur.

Onkel Bill entging sein sarkastischer Tonfall anscheinend. Er gab Arthur seinen Regenschirm und schnappte sich die Koffer.

»Na, dann los, lasst uns fahren. Auf nach Schloss Ravenstorm. Das wird ein phantastischer Sommer!«

2

Der Himmel war so finster, dass Molly einen seltsamen Augenblick lang dachte, sie hätten einen Zeitsprung gemacht und es sei schon Abend. Dabei waren es nur die dunkelgrauen Wolken, die sich über Ravenstorm ballten. Ein greller Blitz zuckte über den Horizont, und der Regen trommelte noch heftiger auf das Autodach. Arthur, der sich auf dem Vordersitz zusammengekauert hatte, beäugte das Wetter argwöhnisch. Molly spürte, wie Jacks kleiner Körper sich enger an sie drückte – hier auf der Rückbank konnte er sich sicher sein, dass niemand ihn beobachtete. Sie legte beruhigend den Arm um seine Schultern.

»Keine Sorge wegen des Regens!« Onkel Bill musste beinahe schreien, so laut klatschten die Tropfen gegen die Scheiben. »Das Wetter ist nicht immer so schlecht. Und es schlägt schnell wieder um.«

»Na, da bin ich ja beruhigt«, brummte Arthur. »Also ist das ganze Theater hier nur für uns?«

»Tut mir leid«, lachte sein Vater, ohne auch nur die geringste Notiz von seiner schlechten Laune zu nehmen. »Schau raus, Arthur, da kommt das Dorf, Crowsnest. Das hier ist die Hauptstraße.«

Jack war sofort wieder hellwach und schüttelte Mollys Arm ab, um aus dem Fenster zu spähen. Die Scheiben waren beschlagen, aber Molly rubbelte ein Stück für ihn frei. Crowsnest – Krähennest … Komischer Name für ein Dorf, dachte sie. Aber er gefiel ihr.

Die Hauptstraße war schmal und teilte sich vor einem Kriegerdenkmal. Molly konnte ein Postamt, ein Café und einen kleinen Souvenirladen erkennen, dahinter eine graue Kirche mit einem spitzen Turm. Enge gepflasterte Gässchen, die mit alten Steinhäusern gesäumt waren, schlängelten sich von der Hauptstraße ab und sahen selbst im herabpeitschenden Regen noch hübsch aus. Das Wasser glänzte auf den Schieferdächern, tropfte von Efeuranken und sammelte sich unter Kletterrosen. Beim nächsten Blitz bemerkte Molly eine einsame Gestalt, die, den Mantel über den Kopf gezogen, aus der Tür eines kleinen Supermarkts flitzte und eilig in ein Auto kletterte. Der einzige Dorfbewohner, der dem Wetter trotzte.

»Hier gibt es garantiert einiges zu erleben, Arthur«, sagte Onkel Bill. »Du kannst dir ein Eis aus dem Café dort holen oder in der Bucht schwimmen gehen. Wenn die Sonne scheint, zumindest.«

Molly runzelte die Stirn. So wie ihr Onkel redete, kannte ihr Cousin die Insel genauso wenig wie sie. Sie beugte sich vor.

»Warst du denn vorher noch nie hier, Arthur?«, fragte sie.

Arthur wandte sich halb nach hinten um, aber nur, um ihr einen bösen Blick zuzuwerfen. »Nicht, dass dich das was anginge, aber ich war das ganze Halbjahr in der Schule«, fauchte er. »Und jetzt soll ich allen Ernstes hier *leben*.«

Arthur geht also auf ein Internat, dachte Molly. Und er scheint nicht gerade begeistert von der Aussicht auf das neue Zuhause, in dem er von jetzt an die Ferien verbringen soll. Allerdings fiel es Molly schwer, Mitleid mit ihm zu haben, so feindselig und patzig, wie er war.

»Ist das wirklich die Hauptstraße?« Jack kurbelte bereits das Fenster herunter. Molly konnte ihn gerade noch am Handgelenk packen, bevor der Regen sie alle durchnässte. Eilig machte sie das Fenster wieder zu. »Die ist ja winzig!«

»Was du nicht sagst«, murmelte Arthur. »Wird bestimmt richtig aufregend, hier zu wohnen.«

»Ach komm, Arthur.« Onkel Bill nahm eine Hand vom Lenkrad und tätschelte seinem Sohn den Arm. »Du kannst dich glücklich schätzen, dass es hier überhaupt irgendetwas gibt. Bis zum siebzehnten Jahrhundert war die Insel noch völlig unbewohnt.«

»Wundert mich nicht.«

Sein Vater ignorierte den Kommentar. »Ein verschrobener Adeliger hat sie 1645 gekauft und das Schloss, die Kirche und das gesamte Dorf gebaut. Aber seine Frau war wohl nicht sonderlich glücklich über den Umzug, und um sie bei Laune zu halten, hat er eine ganze Schar Bediensteter mitgebracht.«

Molly musste sich die Hand auf den Mund pressen, um nicht laut loszulachen. Klang, als hätte diese adelige Dame ziemlich viel Ähnlichkeit mit ihrem Cousin.

»Deswegen stammen übrigens auch so viele Inselbewohner von denselben Familien ab«, fuhr Onkel Bill fort. »Aber seit damals sind auch eine Menge Leute zugezogen, wegen der Ruhe und des Friedens hier. Und wegen der Landschaft, natürlich.«

»Ich glaube, wir beide verstehen etwas völlig anderes unter *eine Menge*, Dad«, sagte Arthur und schaute zurück auf das Dorf, das sie gerade hinter sich ließen. Sie hatten Crowsnest in null Komma nichts durchquert.

»Und was ist mit diesem Adeligen?«, hakte Molly fasziniert nach. »Wohnen seine Nachkommen auch noch auf der Insel?«

»Lord Trevarrens letzter Nachkomme hat uns das Schloss verkauft.« Onkel Bill warf Molly einen Blick im Rückspiegel zu, offensichtlich dankbar für ihr Interesse. »Er hatte wohl nicht viele Kinder und Enkelkinder. Und die paar, die er hatte, sind alle entweder gestorben oder weggezogen. Angeblich liegt auf seiner Familie ein Fluch.« Mit gespielter Angst riss er die Augen auf.

Molly lächelte ihm im Spiegel zu, während Jack sich mit einem Seufzer in seinen Sitz zurückfallen ließ. »Sind wir schon da?«

»Jack! Sei nicht so ungeduldig.«

»Pff, ich finde, er hat recht«, brummelte Arthur. »Ich meine, wann kommen wir *endlich* an? Wir fahren schließlich schon seit *Stunden* …«

Molly wünschte, Onkel Bill würde Arthur zurechtweisen,

weil er sich über Jack lustig machte, aber der überging das Gemaule seines Sohnes einmal mehr.

»Eigentlich sind wir wirklich schon da«, verkündete er jetzt und deutete nach vorn. »Da, Schloss Ravenstorm.«

Molly und Jack reckten aufgeregt den Hals, und selbst Arthur beugte sich vor, stützte sich auf das Armaturenbrett und schaute beklommen durch die verregnete Windschutzscheibe. Am Ende einer dunklen, von hohen Bäumen gesäumten Allee tauchten verwitterte Backsteinmauern, Schieferdächer und kleine Türmchen auf. Kaum hatten sie die Allee hinter sich gelassen, durchzuckte ein Blitz den Himmel und erhellte eine Vielzahl von Fenstern, manche ausladend und hoch, andere klein, rund und geheimnisvoll. Das Gewitter war nun direkt über ihnen, und Molly schlug die Hände vor die Augen. Als sie zwischen den Fingern hervorblinzelte, konnte sie die Befestigungswälle und Wehrtürme erkennen. Ein weiterer Blitz, und sie sah noch etwas anderes, das ihr einen spitzen Schrei entriss. Auch Arthur schnappte hörbar nach Luft.

Zwei Kinder standen stocksteif im hohen Gras neben der Auffahrt, ins gleißende Licht des Blitzes getaucht. Es war ein furchteinflößender Anblick.

»Onkel Bill! Wer ist das?«

Arthur atmete erleichtert aus und drehte sich mit einem spöttischen Grinsen zu ihr um. »Du erschrickst aber auch vor allem, was?«

Molly funkelte ihn wütend an. Arthur hatte sich doch

selbst erschrocken! Wie im Flugzeug, da war er auch so angriffslustig und bissig und richtig hochnäsig gewesen, obwohl er in Wirklichkeit genauso viel Angst gehabt hatte wie sie und Jack. Ihr lag bereits eine giftige Antwort auf der Zunge, doch sie zwang sich, sie hinunterzuschlucken. Schließlich waren sie und Jack Onkel Bills Gäste.

»Jetzt im Ernst, wer sind die beiden, Dad?«, fragte Arthur und zeigte auf die Wiese. Jack hing schon halb über dem Vordersitz, um nichts zu verpassen.

Onkel Bill fuhr langsamer, damit sie die Gestalten im flackernden Licht besser sehen konnten. »Zwei von unseren Inselkindern«, sagte er lachend.

»Die sind ja gar nicht echt.« Jack klang enttäuscht.

»Aber sie sehen wirklich so aus«, sagte Molly und drückte tröstend seinen Arm. »Ich hab sie auch erst für lebendig gehalten.«

Und das hätte sie immer noch getan, wenn die Kinder nicht so völlig reglos im Gewitter gestanden hätten: Aber die Lockenmähne des Mädchens bewegte sich nicht, und das Jo-Jo des kleinen Jungen hing starr am Ende der Schnur. Durch die dunklen Wolken und den prasselnden Regen wirkten alle Farben wie ausgewaschen. Von nahem konnte Molly allerdings deutlich erkennen, dass die beiden Figuren aus hartem grauen Stein gehauen waren.

»Sie sind wunderschön«, flüsterte Molly.

»Nicht wahr?« Onkel Bill klang ziemlich stolz. »Solche Statuen gibt es überall auf der Insel, um die zwanzig insgesamt.

Die gehören zu einem Kunstprojekt, das seit ungefähr sechs Monaten läuft. Eine Künstlerin von hier macht die Dinger. Sie ist unglaublich talentiert, wenn ihr mich fragt. Ich muss unbedingt mehr über sie herausfinden.«

»Na klar, Dad.« Arthur ließ einen nachsichtigen Seufzer hören. »Du kannst doch zu keinem Kunstwerk nein sagen, antik oder nicht.«

»Da hast du recht.« Onkel Bill knuffte Arthur in die Seite. »Aber jetzt schauen wir uns erst einmal dein neues Zuhause an.«

Die Auffahrt mündete in einen großen runden Platz direkt vor dem Schloss, und dort auf einer breiten alten Steintreppe wartete Tante Catherine auf sie, mit einem herzlichen Lächeln und einem gewaltigen Babybauch unter dem eleganten blauen Kleid.

Kein Wunder, dass sie zu müde war, um uns abzuholen!, dachte Molly.

Mittlerweile regnete es kaum noch, aber der stürmische Wind löste eine Haarsträhne aus Tante Catherines braunem Pferdeschwanz. Sie strich sie hinters Ohr, während sie ihnen zuwinkte. Neben ihr stand ein hochgewachsener Mann mit lichtem grauen Haar, einem steifen schwarzen Anzug und einer steinernen Miene. Molly schluckte nervös, als sie mit Jack an der Hand aus dem Auto stieg.

Wenn man direkt vor dem mächtigen Eingang stand, sah Schloss Ravenstorm noch beeindruckender aus als von weitem. Molly legte den Kopf in den Nacken und schaute hoch zu den Türmchen auf dem Dach. Schon hatte Jack seine Hand aus ihrem Griff befreit und kletterte auf eine der Steinfiguren, die zu beiden Seiten der ausladenden Treppe hockten.

»Hüh!«, jauchzte er.

»Jack! Komm sofort da runter!« Molly wäre am liebsten im Boden versunken. Doch bevor sie loslaufen und ihren kleinen Bruder vom Rücken der Statue ziehen konnte, hatte der Riese im schwarzen Anzug ihn schon heruntergehoben. Er setzte den protestierenden Jungen ab und trat wieder zurück. Mit seinen vor dem Bauch gefalteten Händen und dem ausdruckslosen Blick wirkte er beinahe selbst wie eine Steinfigur.

Selbst als Molly ihn dankbar anlächelte, nachdem sie Jack zu sich herangezogen hatte, zeigte er keine Regung. Vielmehr schien er einfach über sie hinwegzuschauen. In sein schwarzes Jackett war auf Brusthöhe ein Wappen eingestickt, mit einem lateinischen Motto, das Molly nicht genau entziffern konnte, und zwei grimmigen Raben als Schildträgern. Die stehen bestimmt für Ravenstorm, vermutete Molly. Sie fröstelte innerlich. Kein besonders einladendes Familienwappen.

Tante Catherines Miene war jedoch fröhlich, als sie vorsichtig die verwitterten Stufen herunterstieg. Arthur lief ihr entgegen, streckte sich und schlang ihr die Arme um den Hals, so gut das bei ihrem riesigen Bauch eben ging. Beide strahlten einander an.

»Willkommen zu Hause!« Tante Catherine fasste Arthur an den Schultern und betrachtete ihn lächelnd von oben bis unten. »Ich könnte schwören, du bist seit den letzten Ferien schon wieder gewachsen! Und du musst Molly sein – und du Jack.«

Molly drückte warnend Jacks Hand, damit er seine guten Manieren nicht vergaß. »Hallo, Tante Catherine«, sagte sie.

»Hallo«, sagte Jack. »Warum bist du so dick?«

Tante Catherine und Onkel Bill brachen in Gelächter aus, und Tante Catherine umarmte Jack. »Weil ich so einen kleinen Racker wie dich kriege. Willkommen auf Schloss Ravenstorm, ihr zwei. Und das hier« – sie deutete auf den Mann neben sich – »ist unser Butler Mason.«

Arthur hob eine Augenbraue. »Wir haben einen *Butler*?«

Mason räusperte sich. »Ich gehöre sozusagen zum Inventar, Master Arthur. Ich, oder besser gesagt, meine Familie, wir stehen schon seit Generationen hier in Diensten. Es ist mir eine Freude, Sie kennenzulernen. Und natürlich Ihre jungen Verwandten.« Er bedachte Molly und Jack mit einem eher prüfenden Blick, aber diesmal hoben sich seine Mundwinkel zu einem angedeuteten Lächeln.

»Jetzt wollen wir aber nicht länger hier herumstehen und frieren«, sagte Tante Catherine aufmunternd. »Ich habe drinnen den Kamin angezündet, und es gibt heißen Kakao.«

»Na, dann los!« Onkel Bill klatschte in die Hände. »Ich weiß nicht, wie es euch geht, aber ich will jetzt Kakao.«

Das ließ Arthur sich nicht zweimal sagen. Genau wie

Molly erwartet hatte, marschierte er vor allen anderen hinein, während Mason zum Auto stapfte, um ihr Gepäck zu holen. Molly hielt Jacks Hand ganz fest, als sie ihrer Tante und ihrem Onkel durch die große Flügeltür in eine riesige dunkle holzgetäfelte Eingangshalle folgten. Ohne die kunstvoll gearbeiteten Leuchten, die schwach schimmernde Lichtflecken an die Wände warfen, wäre es hier drinnen stockfinster gewesen. Antike Statuen säumten die Wände, griechische Götter und Männer mit Stierköpfen, deren leere Augen die vorübergehenden Menschen zu beobachten schienen. Wie kleinlaut ihre Schritte auf den abgenutzten schwarzweiß gemusterten Fliesen klangen! Die Decke über ihnen war mit Engeln, Teufeln und mythischen Schlangenwesen verziert und wölbte sich in der Mitte zu einem spitzen Bogen. Jack starrte so angestrengt nach oben, dass er beinahe über seine eigenen Füße gestolpert wäre. Molly musste ihn wieder auf die Beine hieven.

»Pass auf!«, warnte sie ihn. »Der Boden sieht ziemlich hart aus, das tut weh, wenn du hinfällst.«

Molly bemerkte eine breite Treppe, die sich nach oben ins Dunkle wand und dort irgendwo verschwand. Ihre Neugier war geweckt, doch Tante Catherine führte sie zwischen zwei Ritterrüstungen hindurch in einen weiträumigen Salon. Mittlerweile zitterte Molly vor Kälte, deswegen war sie dankbar für das Feuer, das dort in einem mächtigen Steinkamin loderte. An dreien der Wände standen Regale, die sich unter der Last rissiger Folianten bogen. Die Ledersofas sahen viel zu groß aus, um darauf zu sitzen, aber das Zimmer roch nach verbranntem Holz und alten Büchern, und als Molly neben Jack in die Kissen fiel, überrollte sie eine Woge schläfriger Zufriedenheit. Zwar trennten Schloss Ravenstorm und ihr Elternhaus im Griffin Court 33B mit seinem chaotischen Durcheinander aus Kleidern, Spielzeug und Zauberrequisiten Welten, in diesem Zimmer hier fühlte sie sich allerdings wirklich wohl.

»Macht es euch gemütlich. Ich hole schon mal den Kakao, und eure Tante Catherine legt in der Zwischenzeit die Beine hoch. Immerhin hat sie gerade schwer zu tragen.« Onkel Bill zwinkerte seiner Frau zu. »Ich bin gleich wieder da.«

»Es ist wirklich nett, dass wir kommen durften«, sagte Molly, während Tante Catherine sich in einen weichen Sessel sinken ließ. »Mum und Dad sind euch sehr dankbar für die Einladung. Ich soll euch herzlich von den beiden grüßen.« Eigentlich hatten ihre Eltern gesagt, sie solle sie herzlich umarmen, aber das traute Molly sich bei dem Bauchumfang ihrer Tante nicht, und außerdem hatte sie Angst, noch einen bissigen Spruch von Arthur zu provozieren.

»Nicht doch«, erwiderte Tante Catherine. »Das haben wir gern gemacht. In Wirklichkeit habt *ihr* uns einen Gefallen getan! Arthur hätte sich so gelangweilt, wenn er den ganzen Sommer nur mit uns hätte vorliebnehmen müssen. Ihr werdet eine tolle Zeit zusammen haben!«

Da ist Arthur, glaube ich, anderer Meinung, dachte Molly,

warf ihrem Cousin einen verstohlenen Blick zu und bekam postwendend eine Grimasse zurück.

Glücklicherweise kam in diesem Moment Onkel Bill mit einem Tablett voll dampfender Tassen herein. Molly nahm dankbar ihren heißen Kakao entgegen, seufzte zufrieden und machte es sich im Schneidersitz auf dem riesigen Sofa bequem. Zum ersten Mal, seit sie und Jack von Griffin Court aufgebrochen waren, konnte sie sich richtig entspannen.

»Ach, Molly, Liebes«, sagte Tante Catherine lächelnd, »würdest du bitte die Füße vom Sofa nehmen? Die Möbel sind sehr alt, weißt du.«

Molly fuhr so schnell hoch, dass sie beinahe ihren Kakao verschüttet hätte. Ihre Wangen glühten. »Tut mir leid!« Sie knuffte Jack in die Seite. »Setz dich gerade hin«, flüsterte sie.

Ihr kleiner Bruder zappelte so unbeholfen auf dem großen Sofa herum, dass sie schnell ihren Kakao abstellte, um ihm zu helfen. So behände wie ein Zauberkünstler schob Onkel Bill einen Untersetzer zwischen ihre Tasse und den Mahagonitisch.

»Hier, das schützt die Oberfläche«, sagte er mit vergnügter Stimme.

Während Molly versuchte, Jack und seine Tasse Kakao unter Kontrolle zu bringen, sah sie aus den Augenwinkeln, wie Arthur hämisch grinste. Ihr Cousin saß aufrecht in seinem Sessel, die Füße nebeneinander auf dem Teppich, und ihr Gesicht brannte vor Verlegenheit. Ja, ja, mach dich ruhig lustig über uns, hätte sie ihm am liebsten entgegengeschleudert, du kennst deine Eltern schließlich schon ein bisschen länger als wir.

Leises Unbehagen machte sich in ihr breit, als sie ihre Tasse wieder in die Hand nahm. Ihre Tante und ihr Onkel erklärten ihnen die Regeln auf eine wirklich freundliche Art, aber sie fühlte sich plötzlich kein bisschen mehr wie zu Hause. Ihre Eltern störten sich nicht an Unordnung und Schmutz, solange keine Requisiten kaputtgingen. Einen Moment lang wünschte Molly sich, dass sie wirklich zaubern könnte – dann würde sie sich und Jack nach Griffin Court befördern und die *Unglaublichen Cornells* schwuppdiwupp von ihrer Tournee zurückholen. *Der* Trick würde sogar die alten Hasen im Zaubergeschäft zum Staunen bringen!

Als sie bemerkte, dass Arthur sie schon wieder böse anstarrte, wünschte sie sich stattdessen, sie könnte ihn in einen der Wasserspeier draußen auf dem Dach verwandeln. Das würde ein langer Sommer werden …

Plötzlich fiel Molly auf, dass ihre Tante immer noch davon plauderte, was sie diesen Sommer alles machen könnten. Und sie hatte überhaupt nicht zugehört!

»Also dann«, sagte Tante Catherine gerade und erhob sich schwerfällig. »Onkel Bill und ich kümmern uns jetzt um eure Betten. Ihr drei könnt hier unten im Warmen bleiben und ein bisschen schwatzen.«

Na wundervoll, dachte Molly düster. Und es kam genau so, wie sie es vermutet hatte: Kaum waren die Erwachsenen verschwunden, sprang Arthur von seinem Stuhl auf und marschierte über den zerschlissenen Teppich, wischte auf seinem Smartphone herum und hielt es mit gerunzelter Stirn hoch, weil er keinen Empfang hatte.

Einfach nicht beachten, ermahnte Molly sich selbst. »Jack, du siehst ziemlich müde aus«, sagte sie zu ihrem kleinen Bruder.

»Ich bin total wach!«

»Natürlich bist du das.« Molly verdrehte die Augen. »Was hältst du davon, wenn wir morgen zum Strand gehen?«

»Jaaa…« Jacks begeisterter Ausruf ging in ein herzhaftes Gähnen über. Plötzlich weiteten sich seine Augen, und er war mit einem Satz auf Mollys Schoß. »Da kommt er!«

Erschrocken drehte Molly sich um. Ach, es war nur der Butler Mason, der leise hereingeschlüpft war und sie alle mit trauriger Miene und hinter dem Rücken verschränkten Händen beobachtete. Dennoch wunderte es Molly überhaupt nicht, dass Jack sich noch enger an sie drückte: Mason konnte nichts dafür, aber er sah wirklich furchteinflößend aus.

»Hallo, Mr Mason«, begrüßte sie ihn fröhlicher, als ihr zumute war. »Jack, nun lass doch den Quatsch.«

»Ach, hallo, Mason.« Arthur steckte sein Telefon weg und wandte sich um.

»Molly, Jack, Master Arthur.« Der Butler bedachte sie alle mit einem feierlichen Kopfnicken. »Darf ich euch noch einmal in aller Form auf Schloss Ravenstorm willkommen heißen? Ich hoffe, euch ist warm genug hier drinnen und ihr werdet schnell wieder trocken.«

»O ja, vielen Dank«, bestätigte Molly.

»Es ist echt gemütlich hier«, gab Arthur widerwillig zu.

»Schön, schön.« Mason klopfte sich auf die Hosentasche und fing an, darin herumzuwühlen. »Es ist mir eine große Freude, Sie hier zu haben, Master Arthur, also schien mir ein kleines Willkommensgeschenk angebracht.« Er streckte eine Hand aus.

Arthur ging zu ihm und nahm sein Geschenk entgegen. »Oh, cool«, sagte er und drehte etwas in seiner Hand hin und her, das Molly auf die Entfernung nicht genau erkennen konnte. »Danke, Mason!«

»Und Ihre jungen Verwandten sollen sich natürlich nicht ausgeschlossen fühlen.« Mason kramte noch einmal in seiner Tasche und nickte Jack zu, der prompt seine Angst vergaß und eifrig auf ihn zustürmte.

Arthurs Miene verfinsterte sich, aber Molly ignorierte ihn und lächelte Mason an, während sie auf ihn zuging. »Vielen Dank. Von uns *beiden*!« Sie warf Jack einen bedeutungsvollen Blick zu, dann betrachtete sie das Geschenk des Butlers.

In ihrer Hand lag ein runder, vom Meer glattgeschliffener Kieselstein, der perlweiß schimmerte und von silbernen Adern durchzogen war. Als sie ihn umdrehte, bemerkte sie ein kleines Symbol, das in den Stein geritzt war: schwarze Wirbel und Kringel, die einen Raben darstellten.

»Der ist wunderschön«, rief sie.

»Ja, der ist wirklich toll«, stimmte Arthur zu, der seinen eigenen Stein untersuchte. Molly war überrascht, wie begeistert er klang. Bei diesem einfachen Kiesel hätte sie eher erwartet, dass ihr verwöhnter Cousin enttäuscht reagieren würde. Enttäuscht und ein bisschen hämisch, weil er wieder einmal anderer Meinung als sie wäre.

Mason neigte den Kopf. »Diese Steine sehen nicht nur hübsch aus. Sie können noch viel mehr: Sie sind die Talismane von Schloss Ravenstorm. Ihr müsst sie immer bei euch tragen.«

Molly schaute verwundert zu Mason hoch – erlaubte er sich einen Scherz mit ihnen? –, aber seine Augen waren dunkel und todernst.

»Ähm … Ja, natürlich, das mache ich. Also, wir.« Unwillkürlich suchte sie Arthurs Blick. Als Antwort zog ihr Cousin die Augenbrauen ein paar Millimeter hoch.

Molly hätte beinahe gelacht. Schon wieder waren sie und Arthur sich einig.

»Hast du keine Spielsachen?«, fragte Jack.

»Jack! Steck deinen Stein ein!«, mahnte Molly. »Es war sehr nett von Mr Mason, uns die Talismane zu schenken.«

Jack schaute skeptisch drein, stopfte den Stein aber gehorsam in seine Tasche.

Arthur unterdrückte ein Grinsen. »Die sind viel cooler als Spielzeug, kleiner Zauberer«, sagte er. »Vielen Dank, Mason.«

Arthur kann also auch nett sein, dachte Molly. Mit einem

Nicken machte Mason auf dem Absatz kehrt und verließ das Zimmer, gerade als Tante Catherine und Onkel Bill zurückkamen.

»Kommt mit, ihr drei!« Onkel Bill klatschte in die Hände. »Wir haben gar nicht gemerkt, wie spät es schon ist. Euer Zimmer ist fertig.«

»*Unser* Zimmer …?« Arthur klang, als befürchtete er das Schlimmste, während er seinen Eltern zurück in die Eingangshalle folgte.

Tante Catherine stieg vor ihnen die geheimnisvolle Treppe hinauf. Sie war ausladend und düster; Molly bekam eine Gänsehaut und nahm Jack an die Hand.

Oben befand sich ein Flur, der in die schummerige Dunkelheit führte. Molly spürte, wie Jacks Hand sich fester um ihre schloss. Ihre Schritte hallten auf den abgenutzten Fliesen. Sie gingen an einer langen Reihe schwerer, mit Schnitzereien verzierter Türen vorbei und bogen dann in einen weiteren finsteren Gang ab.

»Die Schlafzimmer waren in einem so schlechten Zustand, dass wir es bisher nur geschafft haben, zwei davon renovieren zu lassen: unseres und deins, Arthur.« Tante Catherine warf Molly ein mitfühlendes Lächeln zu. »Das sind die einzigen beiden, in denen man schlafen kann, also müsst ihr euch vorübergehend ein Zimmer teilen. Aber es ist so groß, dass ihr auf jeden Fall genug Platz habt«, fügte sie hinzu. »Das wird bestimmt toll, oder was meint ihr?«

»Wir schlafen in einem Zimmer?« Arthur war kalkweiß im

Gesicht, und Molly war überzeugt, dass sie ebenfalls nicht viel besser aussah. Das hatte sie ganz sicher nicht erwartet! Sie sollte mit ihrem Cousin in einem Zimmer schlafen, der für sie ein fast völlig Fremder war? Und – was noch viel schlimmer war – ein Junge!

»Genau, ist das nicht super?« Onkel Bill klang nicht sehr überzeugend. »Wie eine große Pyjamaparty!« Er stieß die gewaltige Eichentür mit einer theatralischen Geste auf.

Das Schlafzimmer war riesig, mit Stuckleisten und einem dicken Teppich, der ziemlich teuer wirkte.

Hier darf ich Jack und seinen Kakao keine Sekunde aus den Augen lassen, dachte Molly besorgt. An der einen Wand stand ein schmiedeeisernes schwarzes Bett, an der gegenüberliegenden ein Feldbett mit Piratenbettzeug, und auf dem Boden daneben lag eine dicke Matratze mit Decke und Kissen in Meerblau. Drei Betten …

»Das Feldbett ist für Jack und die Matratze für dich, Molly. Es macht dir hoffentlich nichts aus, auf dem Boden zu schlafen, die Matratze ist wirklich bequem«, erklärte Tante Catherine.

Das Zimmer war komplett dunkelblau gestrichen, bis auf eine Wand, die mit einer Tapete beklebt war. Der Anblick verschlug Molly den Atem, und sie konnte kaum die Augen von den violetten Pfauen und Paradiesvögeln abwenden, die auf silbernen Ästen hockten oder im Sturzflug durch ein Meer aus Blüten schossen. Die Tapete hatte bestimmt ein Vermögen gekostet, so unglaublich schön, wie sie war. Ihre

Tante und ihr Onkel wollten eindeutig, dass jedes Zimmer, auch Arthurs Schlafzimmer, so prunkvoll wurde wie das ganze Schloss. Und wieder ließ der Gedanke an ihren kleinen Bruder – diesmal mit Buntstiften bewaffnet – Molly das Herz in die Hose rutschen.

»Das Zimmer ist wunderhübsch«, sagte sie beeindruckt.

»Vielen Dank, Molly«, antwortete Tante Catherine. »Als wir ankamen, war hier alles voll mit mottenzerfressenen Teppichen und hässlichen alten Samtvorhängen. Die anderen Zimmer sehen immer noch so aus! Deswegen haben wir gedacht, ihr würdet viel lieber hier schlafen.«

Tante Catherines nervöser Seitenblick zu Jack entging Molly nicht. »Das klingt toll, Tante Catherine. Wir werden gut auf alles aufpassen«, beeilte sie sich zu sagen.

»Und was ist mit dir, Arthur?«, fragte Tante Catherine. »Gefällt dir dein neues Zimmer?«

»Es ist klasse, Mum, vielen Dank.« Aber Molly fand, dass ihr Cousin nicht gerade begeistert wirkte. Vielleicht hätte er sich seine Einrichtung gern selbst ausgesucht.

»So, wie wär's, wenn ihr es euch hier gleich mal gemütlich macht?«, schlug Onkel Bill vor. »Ihr seid bestimmt todmüde, und morgen wird ein langer Tag. Ihr wollt doch sicher die Insel erkunden, oder?«

»Ich denke schon«, sagte Arthur, aber er schaute immer noch ziemlich düster drein. »Zumindest, wenn es aufhört zu regnen.«

»Ach, das wird es bestimmt. Wie gesagt, das Wetter ändert

sich hier ganz schnell, keine Sorge.« Onkel Bill strich seinem Sohn über den Kopf. »Da fällt mir ein – bevor ich es vergesse: Achtet auf den Nebel! Der kommt und geht noch schneller als der Regen, also passt auf, dass ihr euch nicht verirrt, wenn ihr durch die Gegend stromert.«

Als die beiden Erwachsenen ihnen eine gute Nacht gewünscht und das Zimmer verlassen hatten, warf Molly ihrem Cousin einen tröstenden Blick zu, aber dieses Mal spielte Arthur nicht mit. Er sah stinkwütend aus.

»Bleib mir ja vom Hals!«, zischte er.

»Kein Problem«, gab Molly zurück. Sie war wie vor den Kopf gestoßen. Warum hatte sie überhaupt Mitleid mit ihm gehabt?

Molly schreckte aus dem Schlaf. Um sie herum war es stockdunkel. Einen Augenblick lang glaubte sie schon, zu Hause zu sein, in ihrem eigenen Zimmer, aber dann hörte sie Arthurs tiefe Atemzüge und Jacks zufriedenes Schnarchen, und ihr fiel wieder ein, wo sie war. Sie zog das meerblaue Federbett hoch bis ans Kinn und starrte an die Decke. Oder besser gesagt, dorthin, wo sie die Decke vermutete. Durch die Vorhänge drang kein einziger Lichtstrahl. Den Regen hörte Molly jedoch laut und deutlich gegen das Fenster prasseln.

So viel zum Wetterumschwung, dachte sie und seufzte. Im Gegensatz zu der Nässe draußen fühlte sich ihre Kehle trocken an. Sie erinnerte sich, dass sie sich vor dem Schlafengehen nicht mehr um ein Glas Wasser gekümmert hatte;

sie hatte nur so schnell wie möglich ins Bett gewollt, damit sie Arthur nicht länger ignorieren musste. Molly leckte sich über die Lippen und schloss die Augen, aber es half nichts. Ihr Hals war ausgedörrt, und ohne etwas zu trinken, würde sie auf keinen Fall wieder einschlafen können. Das Badezimmer war bloß den Flur hinunter und dann … links, da war sie sich sicher … und dann die dritte Tür? Bestimmt! Es war nicht zu verfehlen, nicht einmal im Dunkeln. Das würde ganz schnell gehen.

Molly setzte sich auf und schwang ihre Füße auf den kalten Boden, dann steckte sie die Arme in ihren Bademantel. Die schwere Tür knarrte, als sie sie aufmachte, doch weder Jack noch Arthur regten sich. Sie schlüpfte hinaus in den Korridor.

Schloss Ravenstorm ist riesig, dachte sie zum x-ten Mal. In ihrer Erinnerung war der Flur nicht so lang gewesen, aber vielleicht wirkte im Dunkeln ja alles anders. Oder hätte sie doch nach rechts und nicht nach links gemusst? Verunsichert blieb sie stehen.

Hohe Fenster ohne Vorhänge säumten die Wand zu ihrer Rechten. Molly sah einen wolkenverhangenen Halbmond, der gerade genug fahles Licht aussandte, damit man Schemen erkennen konnte. Sie drehte sich unentschlossen um. Vielleicht sollte sie es wirklich mit der anderen Richtung versuchen? Sie trat näher an eines der Fenster, gebannt von den Regentropfen, die am Glas entlangrannen.

Und plötzlich – ein Blitz. Für den Bruchteil einer Sekunde war alles gleißend hell. Molly stieß einen erstickten Schrei aus und sprang zurück. »Wer ist da?«, rief sie panisch.

Auf der anderen Seite der Scheibe stand eine Gestalt und starrte sie an.

3

Das grelle Licht verblasste. Molly wagte nicht, die Augen von dem Fenster abzuwenden. War das dort draußen ein Mensch? Oder ein Ungeheuer? Sie hoffte, dass die schreckliche Gestalt beim nächsten Blitz nicht mehr da wäre. Aber dann würde sie vielleicht irgendwo durchs Haus schleichen und sie suchen …

Der Donner grollte und krachte. Sie stand ganz still, die Hände auf den Mund gepresst, und wünschte, ihr Herz würde aufhören so laut zu pochen.

Denk nach, Molly! Beruhige dich.

Die Gestalt war eindeutig menschlich gewesen oder zumindest menschenähnlich: groß, breitschultrig und angsteinflößend. Sie hatte sie an irgendjemanden erinnert.

Auf einmal dämmerte es ihr: Mason! Es war bestimmt Mason, der sich um die … vielleicht um die Dachschindeln oder die Regenrinne oder so kümmerte.

Egal, er hatte sicher seine Gründe für den Besuch auf dem Dach von Schloss Ravenstorm. Mitten in der Nacht. Im strömenden Regen …

»Jetzt hör schon auf!«, murmelte Molly. Im Geiste packte sie sich selbst an den Schultern und schüttelte sich. Da war nichts, wovor sie sich fürchten musste! Sie atmete tief ein und trat leise zurück ans Fenster, fest entschlossen, diesmal nicht gleich auszuflippen, wenn es wieder blitzte.

Die dünnen Wolken fransten aus, zogen weiter und enthüllten den gespenstisch fahlen Mond, der sein silberiges Licht auf die Türmchen und Giebel des Schlosses warf.

Mensch, Molly, du Dummkopf! Sie hätte beinahe laut aufgelacht. Da draußen war wirklich jemand, sogar mehrere, um genau zu sein. Eine Reihe von Wasserspeiern! Sie fuhr sich durch das Haar und atmete erleichtert aus. Es war überhaupt nicht Mason, dachte sie. Jetzt kam sie sich albern vor. Sie hatte sich vor ein paar Statuen erschrocken!

Eigentlich waren sie sogar ganz hübsch, behutsam und mit Liebe zum Detail aus Stein gemeißelt. Molly presste das Gesicht an die Scheibe, um sie genauer zu betrachten. Einige hatten die Gestalt von riesigen wilden Raben – na, das passte ja –, andere sahen beinahe aus wie Menschen, die mit grimmiger Miene auf ihrem Sockel kauerten und das Wappen von Schloss Ravenstorm an die Brust drückten.

Ein leerer Sockel am Ende der Reihe ruinierte die strenge Formation, wie eine Zahnlücke. Der Wasserspeier, der an diesem Platz gestanden hatte, musste wohl hinuntergefallen und kaputtgegangen sein; vielleicht hatte ihn ein Sturm wie dieser hier vom Dach gepustet. Aber Onkel Bill und Tante Catherine würden ganz bestimmt einen neuen anfertigen lassen, sobald sie die Asymmetrie bemerkten. Sie renovierten das Haus ja gerade, und Molly konnte sich nicht vorstellen, dass sich die beiden mit einer solchen Unordnung auf ihrem Dach abfinden würden.

Wahrscheinlich waren sie auch nicht allzu begeistert von Kindern, die mitten in der Nacht in den Gängen herumgeisterten. Nach einem letzten Blick auf die Wasserspeier im Mondschein wandte sich Molly zum Gehen.

Doch bevor sie auch nur einen Schritt getan hatte, erstarrte sie schon wieder. Dort, am Ende des dunklen Flurs, war irgendwas. Es *bewegte* sich! Molly unterdrückte einen Schrei und sprang zurück.

»Wer ist da?«, hauchte sie.

Das Licht einer Laterne flackerte auf, und Molly sah blinzelnd, wie jemand aus der Dunkelheit trat: Mason. Zum zweiten Mal in dieser Nacht atmete sie erleichtert auf.

»Molly!« Masons zerfurchtes Gesicht war im zuckenden gelben Schein der Laterne nicht zu deuten. »Ich wollte dich nicht erschrecken, Kind.«

»Ach, das haben Sie nicht, also, haben Sie schon, aber …«

»Hast du dich verlaufen?« Er richtete das Licht direkt auf sie, so dass Molly sein Gesicht überhaupt nicht mehr erkennen konnte. Aber sie bemerkte trotzdem das feuchte Glänzen seines schwarzen Anzugs und die Wasserpfütze, die sich auf dem Boden bildete. Und das schüttere Haar, das ihm am Kopf klebte und von dem noch mehr Wasser auf seine Schultern tropfte. Mason war klitschnass.

Mollys Augen weiteten sich. War er also doch draußen gewesen?

»Ich habe …« Sie schluckte nervös. »Ich hatte Durst und wollte mir bloß ein Glas Wasser holen.«

»Ah, und du hast das Badezimmer nicht gefunden. Komm mit, ich zeige es dir.« Er drehte sich um und ging zielstrebig den Korridor entlang, so dass Molly nichts anderes übrigblieb, als seinen schmatzenden Schritten zu folgen.

Warum zum Teufel spazierte Mason hier mitten in der Nacht herum? Molly schüttelte den Kopf. Ach, wer weiß … Vielleicht ging er ja nachts gerne schwimmen, in voller Montur. Das war ganz allein seine Sache. Denn ganz ehrlich: Auch wenn Mason sich dem Wohlergehen von Schloss Ravenstorm und seinen Bewohnern verschrieben hatte, hatte er trotzdem das Recht auf ein eigenes Leben.

»Da sind wir.« Mason deutete einen kurzen Gang entlang. »Das Badezimmer ist ganz am Ende. Meinst du, du findest allein zurück zu Master Arthurs Zimmer?«

»Ja, bestimmt.« Molly schenkte ihm ein strahlendes Lächeln. Dieses Mal würde sie sich nicht von irgendwelchen Fenstern ablenken lassen. Außerdem hatte sie keine Lust, noch länger hinter dem tropfenden Butler herzulaufen. »Jetzt kenne ich mich wieder aus, vielen Dank!«

»Sehr gern geschehen.« Eine leichte Verbeugung, und er war fort.

Molly tappte zum Badezimmer, nahm einen Becher aus dem Schrank und füllte ihn unter dem quietschenden Wasserhahn.

Schnell zurück ins Bett, bevor noch was Gruseliges passiert!

Auf dem Weg zurück zu Arthurs Zimmer, ließ das Klopfen und Gurgeln der Rohre in der Wand Molly erneut zusammenfahren. Sie musste mehrmals tief ein- und ausatmen, um ihr wummerndes Herz zu beruhigen.

Als Molly die Augen einen Spalt öffnete, war sie verwirrt. Helle Morgensonne drang durch hohe Fenster und wärmte die Haut an ihrem Arm. Und auf ihren Beinen sprang etwas herum und brüllte.

Ah. Jack. Molly setzte sich hastig auf und schaute sich benommen um. Eine Sekunde lang wusste sie nicht, wo sie war und was sie hier machte. Dann fiel es ihr wieder ein.

»Wach auf! Wach auf!«

»Ich *bin* wach, du kleines Scheusal!« Sie packte ihren Bruder und bugsierte ihn sanft, aber bestimmt aus dem Bett. »Geh weg! Es ist noch viel zu früh!«

Von Arthur war nichts zu sehen. Sein Bett war leer, die Decke unordentlich beiseitegeschleudert. Der Regen war einem kühlen, klaren Morgen gewichen, und einen Augenblick lang konnte Molly nicht glauben, dass die Ereignisse der letzten Nacht wirklich gewesen waren. Sie wand sich aus den zerwühlten Laken und stützte sich verschlafen auf die Fensterbank.

Da war sie – die Armee der Wasserspeier in Reih und Glied, mit einem leeren Sockel am Ende. Von diesem Fenster aus sah man sie aus einem anderen Winkel. Sie kamen Molly fast noch größer vor als letzte Nacht. Wenn die Vorhänge im

Schlafzimmer gestern Abend nicht bereits geschlossen gewesen wären, hätte sie sie gleich bemerkt und im Korridor nicht solch einen Schreck bekommen. Bei Tag sahen die Statuen lange nicht so furchteinflößend aus. Einer der Steinraben hatte den Kopf geneigt und schien sie fragend anzustarren. Seine Miene wirkte eher neugierig als bedrohlich.

»Ich hab Hunger«, verkündete Jack. Er schaute Molly erwartungsvoll an.

»Na, dann komm! Ich vermute mal, Arthur ist schon ohne uns runtergegangen.« Molly verdrehte die Augen. Hoffentlich hatte er schon gefrühstückt und war alleine losgezogen.

Falsch geraten. Als sie in die Küche kamen, saß Arthur am Tisch und warf Molly einen bösen Blick zu. Mit Jeans und T-Shirt statt seiner schnöseligen Schuluniform wirkte er zwar nicht mehr so einschüchternd, aber auch kein bisschen netter. Seine Augen klebten bereits wieder an dem Smartphone, das neben seinem Teller lag.

»Was hast du gestern Nacht getrieben?«, fragte er, ohne den Blick zu heben.

»Ich hab mir nur ein Glas Wasser geholt.« Molly bemühte sich, ihre Stimme freundlich klingen zu lassen. »Tut mir leid, wenn ich dich geweckt habe.«

»Hast echt lang gebraucht für ein popeliges Glas Wasser. Sag bloß, du hast dich verlaufen?«

Molly schnaubte. Als würde er sich hier besser auskennen als sie! »Nö, ich dachte bloß, ich hätte draußen was gesehen. Auf dem Dach, da, wo die Wasserspeier stehen.«

Jetzt schaute Arthur von seinem Handy auf. Er wirkte zum ersten Mal, seitdem sie sich begegnet waren, interessiert. »Echt? Und was?«, fragte er und vergaß dabei sogar sein frostiges Gehabe.

»Es hat wie ein Mensch ausgesehen. Also, wie … Mason«, erzählte Molly weiter. Dann schüttelte sie den Kopf. »Aber das kann nicht sein.«

Tante Catherine kam durch die Tür und beendete ihre Unterhaltung. »Na los, ihr zwei«, rief sie gut gelaunt. »Das Frühstück steht auf dem Tisch, bedient euch!«

Jack starrte verwirrt auf den Toast, die Marmelade und die Teekanne.

»Aber ich will Müsli«, heulte er.

Zu Mollys Erstaunen blaffte Arthur ihn nicht an. Stattdessen schob er seinen Stuhl zurück und stand auf. »Und was für Müsli willst du, kleiner Zauberer?« Er öffnete einen Hängeschrank und hob Jack hoch, damit er hineinschauen konnte. »Uff«, stöhnte er. »Egal, welche Sorte du sonst isst, auf jeden Fall futterst du viel davon.«

»Das sagt Molly auch immer«, erwiderte Jack und suchte sich in aller Ruhe eine Packung aus.

Molly verstand die Welt nicht mehr. Arthur lächelte sogar, als er den zappelnden Jack wieder absetzte. Vielleicht – aber nur vielleicht – war sie vorschnell in ihrem Urteil über ihn gewesen.

Während sie sich eine Scheibe Toast aus dem Ständer nahm und sie mit Butter und Marmelade bestrich, versuchte sie sich vorzustellen, wie sie sich in Arthurs Haut fühlen würde. Es musste seltsam sein, in ein Haus zu ziehen, das man vorher noch nie gesehen hatte, auf einer Insel im Nirgendwo, Hunderte Kilometer von all seinen Freunden entfernt. In ein nagelneues Zimmer, das seine Eltern eingerichtet hatten, ohne ihn nach seiner Meinung zu fragen. Und dann auch noch zusammen mit zwei Kindern, die er nicht einmal kannte.

Molly musste zugeben, dass sie darüber auch nicht gerade glücklich wäre, ganz und gar nicht. Kein Wunder also, dass Arthur so miesepetrig gewesen war. Sie nahm sich ein bisschen mehr Marmelade und verteilte sie bis in die Ecken ihres Toasts. Wäre sie an Arthurs Stelle, würde sie sich wünschen, dass die anderen nett zu ihr wären und ihre schlechte Laune nicht so ernst nähmen. Wahrscheinlich meint er es gar nicht so, überlegte sie.

Okay, dann würde sie sich ab jetzt bemühen, nett zu ihrem arroganten Cousin zu sein. Nein, ihrem *unglücklichen* Cousin.

»Was hältst du davon, Molly?«

»Häh?« Verdattert schaute Molly zu ihrer Tante hoch. »Ähm, ich meine, wie bitte?«

Tante Catherine wedelte mit einer Scheibe Toast vor ihrem Gesicht herum. »Ich habe gesagt, dass ihr drei heute unbedingt rausmüsst. Das Wetter ist so schön, das solltet ihr ausnutzen! Man weiß nie, wie lange es hält.«

Ein freudestrahlender Jack kletterte auf seinen Stuhl. Den

Müslilöffel hielt er bereits in der Hand. Arthur reichte ihm eine Schüssel und stieß einen übertriebenen Seufzer aus. »Wenn du meinst, Mum.«

»Tolle Idee«, sagte Molly mit fröhlicher Stimme. »Ich würde gerne mehr von der Insel sehen.«

»Aber zieht euch warm an, draußen ist es kälter, als man denkt. Viel Spaß!« Tante Catherine tätschelte ihren Babybauch und schob sich vorsichtig durch die Tür.

Kaum hatte sie den Raum verlassen, war es still in der Küche; nur Jacks glückliches Knuspern und das Klappern seines Löffels waren zu hören. Arthur studierte eifrig jedes einzelne Wort auf der Müslipackung, und Molly war voll und ganz damit beschäftigt, die Schokopops aufzusammeln, die ihr kleiner Bruder auf dem Tisch verteilt hatte.

»Bist du einverstanden damit, Arthur?«, fragte sie schließlich zögernd. »Dass wir rausgehen und die Insel erkunden, meine ich?«

Zu ihrer großen Überraschung brachte Arthur ein Lächeln zustande. »Ja, das ist okay. Na komm, kleiner Zauberer, du kannst nicht noch eine *dritte* Schüssel verdrücken. Los geht's!«

Als die drei ihre Jacken holen wollten, stand Mason in der Eingangshalle und staubte behutsam eine klapperige Ritterrüstung ab. Irgendwie hätte sich Molly auch nicht gewundert, wenn er strammgestanden und die Waffe präsentiert hätte.

Beim Anblick des Butlers hatte sie das Gefühl, sie sei zurück in einen Traum geraten. Sie musste sich in Gedanken schnell selbst schütteln. Heute Morgen wirkte Mason zwar ernst wie immer, aber durch und durch nett und freundlich. Sein trister schwarzer Anzug war mittlerweile auch wieder trocken. Hatte sie sich die ganze Sache vielleicht nur eingebildet?

Als sie allerdings aus den hohen Fenstern schaute, sah sie einen der Wasserspeier, zumindest seine untere Hälfte und die Klauen, die sich am Rand des Dachs festkrallten. Es war also wirklich passiert!

Molly atmete tief ein und setzte ein höfliches Lächeln auf. »Guten Morgen, Mr Mason.«

Der Butler wandte sich um und richtete sich auf. Sein Gesicht verzog sich zu einer Grimasse, die einem Lächeln nahekam. »Molly. Master Arthur. Jack. *Mason* genügt übrigens völlig.« Er beäugte ihre Jacken und die Fäustlinge, die Molly gerade über Jacks kleine Hände zu stülpen versuchte. Gott sei Dank hatte sie die überhaupt eingepackt: Obwohl Sommer war, hatte sich der Küstenwind gestern Abend eisig angefühlt. »Und was habt ihr heute vor?«

Arthur warf Molly einen warnenden Blick zu, als wollte er sagen: Er ist mein Butler, *ich* übernehme das Reden. »Wir wollen die Insel erkunden. Damit Jack sich nicht langweilt, verstehen Sie?«

»Natürlich.« Mason nickte. Geistesabwesend verbog er den Staubwedel mit seinen großen Händen. »Habt ihr, ähm …« Er zögerte. »Ihr habt hoffentlich eure Talismane dabei?«

Verdutzt sah Molly Arthur an, der kaum merklich die Achseln zuckte.

»Ich, äh …« Molly durchsuchte ihre Taschen. »Ja, ich hab meinen!« Sie zog den glatten Kiesel mit dem Raben darauf hervor und zeigte ihn Mason.

Arthur nickte. »Ich auch.« Molly war überrascht. Hatte Arthur sich wirklich die Mühe gemacht, den Talisman aus seiner Schuluniform zu holen? Er zog ihn aus der Jeans und grinste den Butler an. »Ich hab mir schon gedacht, dass Sie uns fragen.«

»Ich hab meinen auch«, rief Jack und klopfte auf seine Hosentasche. »Können wir jetzt gehen?«

»Natürlich, natürlich. Wenn ihr die Talismane habt … Danke für eure, ähm, Geduld mit einem abergläubischen alten Mann«, sagte Mason. Irgendwie schien er aber immer noch seltsam nervös. »Noch ein guter Rat, wenn ihr erlaubt: Geht nicht in die Nähe des Kliffs. Dort ist es gefährlich. Wirklich sehr gefährlich. Vor allem, wenn der Nebel kommt.«

»Wir denken daran«, beruhigte Arthur ihn. »Dad hat uns schon gewarnt. Aber wir sollten besser los, solange das Wetter noch schön ist.«

»Gut, gut.« Mason wandte sich wieder der Rüstung zu und polierte hochkonzentriert den Brustpanzer. Trotzdem hätte Molly schwören können, dass er ihnen nachschaute, als sie durch die wuchtige Haustür stoben.

Während sie die lorbeerumrankte Auffahrt hinunterliefen, verlangsamte Arthur seine Schritte und warf einen schnellen Blick zurück über die Schulter. »Geht's nur mir so, oder ist der Kerl echt schräg?«

Molly kicherte. »Aber *so* was von schräg!«

»Der meint das offensichtlich völlig ernst, das mit den Talismanen.« Arthur grinste. »Der glaubt echt, wir müssen diese Steine die ganze Zeit mit uns rumschleppen. Ich wollte meinen eigentlich gar nicht mitnehmen, aber ich *wusste*, dass er uns danach fragt!«

»Das mit dem abergläubisch war jedenfalls kein Witz, das ist mal klar. Meinst du, er glaubt auch an den Schwarzen Mann oder so was? Oder an Werwölfe?«

»Er *sieht aus* wie der Schwarze Mann«, verkündete Jack, und Molly und Arthur mussten lachen.

Molly fühlte sich heiter und unbeschwert, als sie das große Einfahrtstor passierten. Seit sie zu ihrer Erkundungstour aufgebrochen waren, wirkte Arthur viel netter, und allmählich fing sie an zu glauben, dass sie sich gut mit ihrem Cousin verstehen könnte. »Und wo wollen wir zuerst hin?«

Arthurs Augen blitzten. »Na, zum Kliff natürlich.«

Molly blieb abrupt stehen. »Aber das dürfen wir nicht. Mason hat gesagt …«

»Mason ist hier nur der Butler. Und noch dazu ein abergläubischer alter Angsthase. Das hast du doch gerade selbst gesagt.«

»Hey! Angsthase hab ich nicht gesagt! Und überhaupt …«

Molly war mulmig zumute. Sie nahm Jacks Hand. »Immerhin kennt er die Insel. Und vor den Klippen hat er uns ja nicht gewarnt, weil da irgendwelche Geister rumfliegen. Er hat gesagt, dass es gefährlich wird, wenn der Nebel aufzieht …«

»Ach, nun hör schon auf«, höhnte Arthur und deutete zum Himmel. »Schau dir doch das Wetter an. Weit und breit kein Nebel zu sehen!«

Jack versuchte, seine Finger zu befreien, und als Molly nicht losließ, griff er stattdessen mit der anderen Hand nach Arthur. Er bedachte seine Schwester mit einem trotzigen Blick, was Molly einen kleinen Stich versetzte.

»Aber das ist es ja gerade«, wandte sie ein. Die beiden konnten einen echt zur Verzweiflung bringen. »Mason hat gesagt, der Nebel kommt ganz plötzlich und –«

»Pah! Hast du etwa Schiss?«, spottete Arthur.

»Quatsch!«, erwiderte Molly unwirsch. »Aber ich muss schließlich auf Jack aufpassen.«

»*Ich* will zum Kliff«, warf Jack wild entschlossen ein. »Jetzt gleich! Mit Arthur!«

Molly seufzte entnervt. Sie war überstimmt, und sie wollte vor Arthur nicht als Feigling dastehen – das würde sie ständig zu hören kriegen. Und die beiden hatten ja recht! Der Himmel war strahlend blau, so weit das Auge reichte. Die Luft war noch immer kühl, aber erfüllt von Vogelgesang, Bienensummen und süßem Ginsterduft. Was war also dabei, einen Abstecher zum Kliff zu machen, solange sie dort nicht ewig blieben. Und solange sie das Wetter im Auge behielten …

Außerdem würde sich Arthur sowieso bald langweilen. Wie sie ihn bisher kennengelernt hatte, befasste er sich nie allzu lange mit einer Sache – dafür war er viel zu ungeduldig und impulsiv. Sobald er genug von den Klippen hatte, würden sie auf schnellstem Wege kehrtmachen und sich eine weniger gefährliche und vor allem lustigere Beschäftigung suchen.

»Na gut«, lenkte Molly ein. »Aber du musst bei mir an der Hand bleiben, Jack, und zwar die ganze Zeit, klar?«

Widerwillig gab ihr kleiner Bruder ein zustimmendes Brummen von sich.

Sie folgten einem alten Metallschild auf den sandigen Klippenpfad. Es war ein enger, an manchen Stellen beinahe zugewachsener Weg, aber selbst wenn sie hintereinander gehen mussten, ließ Molly Jacks Hand nicht los. Er wurde immer zappeliger und zerrte an ihren Fingern, aber sie würde auf keinen Fall nachgeben. Diesen Machtkampf würde Jack nicht gewinnen.

Sie wollte sich gerade umdrehen und ihm sagen, dass er ihr nicht so den Arm verdrehen solle, da blieb Arthur so plötzlich stehen, dass Molly fast in ihn hineingelaufen wäre.

»Was starrt die denn so?«, fragte er leise über die Schulter.

Vor ihnen auf dem Weg stand eine seltsame Gestalt und schaute sie mit weit aufgerissenen Augen an. Eine alte, spindeldürre Frau mit einem Filzhut und struppigem Haar, das darunter hervorquoll. Auch ohne den langen Flickenrock mit dem schmutzigen, ausgefransten Saum hätte die Alte schon verschroben genug ausgesehen. Als sie allerdings nervös die Hände rang, fielen Molly ihre Handschuhe auf. Sie waren dunkelgrün und richtig dick, hie und da mit Wollresten geflickt, und die Finger waren so lang, als hätte sie einfach vergessen, mit dem Stricken aufzuhören.

»Ach du meine Güte!«, rief die Frau mit einem dünnen, erschreckten Stimmchen. »Ach du meine Güte!«

»Ähm … Guten Morgen.« Arthur versuchte, sich auf dem engen Pfad an ihr vorbeizuschlängeln, während er sich zu Molly umdrehte und die Augenbrauen hochzog.

»Du siehst komisch aus«, verkündete Jack und musterte die Frau von oben bis unten.

Mollys Wangen glühten, und sie zerrte Jack schnell weiter. »Guten Morgen. Bitte entschuldigen Sie. Äh … tut mir leid.«

Die Frau schien Jacks unhöfliche Bemerkung gar nicht wahrgenommen zu haben. Sie presste die Handschuhe vor den Mund, aber ihr gedämpftes Kieksen war trotzdem nicht zu überhören.

»Woher kommt ihr drei denn auf einmal? Du liebe Zeit. Woher bloß?«

Die ist harmlos, entschied Molly. Nur ein bisschen schrullig, weiter nichts. Also musste sie so höflich wie möglich sein und Jack schnell hier fortschaffen, bevor er noch etwas Unverschämtes sagte. »Wir kommen gerade von Schloss Ravenstorm. Wir sind seit gestern Abend auf der Insel. Es ist wunderschön hier.«

Von diesem Kompliment nahm die Frau genauso wenig Notiz wie von Jacks schlechten Manieren. »Aber ihr könnt nicht … Ich meine, ich … Herrjemine! Herr*je*mine! Von Schloss Ravenstorm, sagst du?«

»Meine Eltern haben das Schloss gekauft«, erklärte Arthur. »Sie … also, *wir* wohnen jetzt hier.«

Die Frau schaute ihn groß an. »O Gott, o Gott.«

Molly und Arthur tauschten einen nervösen Blick.

»Ich bin Arthur Wolfrey. Und das sind Molly Cornell und ihr kleiner Bruder Jack. Die beiden verbringen die Ferien hier.«

Arthur streckte ihr die Hand entgegen, doch die alte Frau berührte sie kaum, bevor sie die Finger wieder wegriss. Auch Molly reichte sie nur die Spitzen ihres Wollhandschuhs und zog selbst die hastig wieder zurück.

»Ich bin Miss Badcrumble. Herrjemine.«

»Schön, Sie kennenzulernen, Miss Badcrumble«, sagte Molly.

»Ich habe einen Teeladen im Dorf. Zu dem gehört auch ein kleines Museum. Oder andersherum. Ich … ach du liebe Zeit.«

»Vielleicht kommen wir später vorbei und schauen uns das Museum an, was meinst du, Arthur?«, sagte Molly, obwohl das Gesicht ihres Cousins Bände sprach: Er ließ keinen Zweifel daran, dass er alles andere lieber tun würde als das. Doch schon schüttelte Miss Badcrumble heftig den Kopf, so dass ihre struppigen Strähnen wild durch die Luft hüpften.

»Ihr müsst gleich zurück zum Schloss!« Sie knetete ihre Hände in den zerschlissenen Handschuhen. »Der Nebel zieht auf. Ihr müsst sofort nach Hause! Und haltet euch von den Klippen fern.«

Wieder suchte Arthur Mollys Blick und zwinkerte ihr zu. »Okay, wir kommen den Klippen nicht zu nahe.«

»Versprochen?« Miss Badcrumbles schwarze Augen glänzten besorgt.

»Wir gehen direkt nach Hause«, versicherte Molly ihr. »Bei Nebel hab ich sowieso keine Lust, hier draußen rumzulaufen.«

»Aber Molly …«

»Hör auf, Jack. Im Schloss können wir auch was Schönes machen.«

»Brav, Kinder, sehr brav.« Miss Badcrumble nickte schnell. »Dann ab nach Hause mit euch. Sehr gut, sehr gut.« Sie drängte sich an ihnen vorbei. Dabei verfing sich ihr Rock in einem Ginsterstrauch, und sie musste ihn mit den behandschuhten Fingern losreißen. Mit einem letzten gemurmelten »Herrjemine« eilte sie davon.

Arthur pfiff durch die Zähne. »Na, das war vielleicht schräg. Hier gibt es echt nur Spinner!«

»Die war wirklich seltsam«, pflichtete Molly ihm bei und fügte schnell hinzu: »Sollen wir heimgehen?«

»Ach Quatsch. Wir gehen natürlich zu den Klippen!«

»Cool!«, rief Jack.

»Aber …« Molly drehte sich nervös nach Miss Badcrumble um; die war allerdings bereits über die nächste Wiese geeilt und verschwunden.

»Ach, das hab ich nur gesagt, weil sie es hören wollte. Die ist doch total durchgeknallt, die alte Schachtel! Schau dir den Himmel an, Molly. Keine Spur von Nebel!«

Mollys Griff um Jacks Hand wurde fester. »Aber dein Dad hat es auch gesagt: Der Nebel zieht immer ganz plötzlich auf …«

»Wir bemerken ihn schon rechtzeitig. Jetzt komm, das wird toll!«

Molly überlegte kurz, trotzdem umzukehren und Jack mit zurück zum Schloss zu schleifen. Aber dann wäre Arthur ganz allein auf dem Kliff, und wenn tatsächlich etwas passieren würde, wäre niemand da, um ihm zu helfen.

»Meinetwegen«, sagte sie schließlich. »Aber nur kurz.«

Arthur hatte recht gehabt, musste Molly widerwillig zugeben, als sie den Klippenpfad entlangwanderten. Es hatte sich wirklich gelohnt, hierherzukommen. Tief unter ihnen glitzerte das blaue Meer, und winzige weiße Wellen leckten an den zerklüfteten Felsen. Die Flügel einer Klippenmöwe blitzten im Sonnenlicht, als sie auf die Felswand zuschoss; wahrscheinlich war dort ihr Nest. Die Luft war vom Kreischen der Meeresvögel erfüllt.

»Papageientaucher«, rief Molly entzückt.

»Ja!« Arthur zeigte Jack, was Molly meinte. »Schau mal, wie klein die sind, Jack. Siehst du ihre gestreiften Schnäbel? Der eine da hat ganz viele Fische gefangen!«

Jacks Augen wurden kugelrund. »Wow! Wie macht er das?«

»Na, wer hätte gedacht, dass man dich mit so was überraschen kann«, spöttelte Arthur. »Sind deine Mum und dein Dad nicht Zauberer?«

»Klar«, antwortete Jack stolz. »Aber sie können doch nicht wirklich zaubern. Sie sind nur sehr geschickt. Und uns bringen sie es auch bei, stimmt's, Molly? Molly ist viel besser als ich.«

»Du bist auch ziemlich gut.«

»Molly will mit ihnen auf Tournee gehen, stimmt's, Molly? Sie wird nämlich auch mal Zauberin, weißt du?«

»Irgendwann vielleicht«, murmelte Molly und wurde rot. »Aber ich kann erst mit, wenn ich älter bin. Und wenn ich richtig viel übe.«

»Also ich find's cool«, sagte Arthur, und jetzt war Molly überrascht. »Meine Eltern kaufen nur alten Krempel und verscherbeln ihn dann wieder. Und schau, wo ich deswegen gelandet bin – ich sitze den ganzen Sommer auf dieser Insel fest.« Er seufzte und ging weiter.

»Molly will *richtig* zaubern lernen«, vertraute Jack seinem neuen Freund an. »Sie will auf eine Zauberschule und dort Zaubersprüche lernen und Zaubertränke und so was alles.

Nicht nur Tricks wie Mum und Dad, weißt du, sondern *echte* Zauberei!«

»Jetzt halt endlich die Klappe, Jack!« Mollys Wangen verfärbten sich wieder, dieses Mal noch dunkler. »Das meine ich doch nicht ernst.«

»Ich wette, das tust du doch«, sagte Arthur, und zu Mollys Erstaunen klang seine Stimme dabei überhaupt nicht spöttisch. »Wär doch super, wenn das alles nicht nur Illusion wäre. Wenn es echte Verschwindezauber und so was geben würde.«

Sie waren angekommen und setzten sich an den Rand des Kliffs. Molly hielt Jacks Hand immer noch umklammert, aber sie war froh, dass sie hergekommen waren. Tief unter ihnen stach gerade ein kleines weißes Segelschiff in See und schloss sich einer Handvoll blaugestrichener Fischerboote an, die aufs offene Meer zuhielten. Hier rechnete wirklich niemand mit schlechtem Wetter. Man konnte kilometerweit schauen, bis hinter den Leuchtturm und weit aufs Meer hinaus. Arthur wandte sich um und ließ den Blick über die Landschaft schweifen.

Plötzlich sprang er auf und zeigte auf etwas. »Guckt mal – da ist noch eine von diesen Statuen. Da, hinter dem Baum!«

Tatsächlich. Molly rappelte sich auf und zog Jack mit sich, dann rannten die drei den abschüssigen Pfad hinunter und an dem verwachsenen alten Baum vorbei, um sich die Statue genauer anzusehen. Es war ein ungefähr zehnjähriger, lebensgroßer Junge, der mit wehendem Schal und den Händen in der Tasche aufs Meer hinausblickte.

»Die sind einfach unglaublich.« Molly berührte ehrfürchtig den steinernen Arm. »Absolut detailgetreu. Schaut euch mal das Loch in seinem Pulli an!«

»Ich wünschte, Mum und Dad würden solche Kunst sammeln und nicht diesen ganzen Antiquitätenkram«, sagte Arthur.

Molly lachte. »Wäre aber auch ein bisschen komisch, wenn lauter Steinkinder in eurem Garten stehen würden, oder? Da würdest du ja ständig denken, dass … Jack!«

Sie hatte seine Hand nur kurz losgelassen, um die Statue anzufassen, und er hatte die Gelegenheit genutzt, um zurück zu der knorrigen Eiche zu laufen, an der sie vorbeigekommen waren. Wahrscheinlich hatte der kleine Rabauke entdeckt, dass sie einen großartigen Kletterbaum abgeben würde. Besorgt lief Molly hinter ihm her und griff nach seinem Arm. »Jack, lass den Quatsch! Da ist ein Felsvorsprung. Das ist gefährlich, hörst du? Du könntest runterfallen!«

Sie nahm ihn wieder an die Hand, drehte sich um und erschrak.

Die Welt war auf einmal ganz weiß und verschwommen. Eilig rannte sie zu der schemenhaften Gestalt ihres Cousins zurück und zog Jack hektisch hinter sich her. Kaum war sie da, packte Arthur ihren Arm und drückte ihn erleichtert. Er hatte also auch Angst.

»Der Nebel«, flüsterte Molly.

Mason und Miss Badcrumble hatten recht gehabt. Der Nebel war aus dem Nichts gekommen, ganz ohne Vorwarnung, von einer Sekunde auf die andere.

»Lasst uns hier stehenbleiben«, wisperte Arthur, als wäre der Nebel lebendig und könnte ihn verstehen. »Dad hat gesagt, er verschwindet genauso schnell, wie er gekommen ist. Wir bleiben einfach hier, bis er aufreißt, ja?«

»Okay.« Unwillkürlich hatte auch Molly geflüstert, aber trotzdem erzeugte ihre Stimme ein gespenstisches Echo.

Seit der Nebel sie umhüllte, hörte sie nichts mehr, nicht einmal die Seevögel. Das wabernde Weiß kroch ihr in Mund und Ohren, legte sich auf die Augen und dämpfte alle Geräusche. Wobei, vielleicht doch nicht alle: Anstelle des vertrauten Meeresrauschens meinte Molly, etwas anderes zu hören.

Ein Trappeln und Kratzen, wie kleine Krallen auf Stein.

Ein Papageientaucher, versuchte sie sich einzureden. Die hüpfen doch hier auf den Klippen herum. Oder?

Molly merkte, wie ihre Knie zitterten. Moment mal – haben Papageientaucher überhaupt Krallen?

Sie umklammerte die Hand ihres Bruders noch fester.

»Mir ist aber langweilig!«, nörgelte Jack und brach den Bann. »Ich schmeiß jetzt einen Stein, dann wissen wir, wo die Klippe ist.«

»Lass das, Jack! Bleib hier!«

Mollys Hand wurde nach unten gezogen, als ihr Bruder in die Hocke ging und den Boden absuchte. »Da ist keiner … oh, doch, warte! Hier ist ein Stein. So, den werfe ich jetzt.«

»Jack, nicht! Du … du könntest jemanden treffen«, rief Molly verzweifelt. Aber sie spürte, wie sich Jacks Finger in dem Fäustling anspannten; er bereitete seinen kleinen Körper auf den Wurf vor. Sie hörte ihn tief Luft holen und …

Seine Hand entschlüpfte ihrem Griff.

Erschrocken schrie Molly auf. Der Wollfäustling war noch da, doch er war leer. Sie hielt den Atem an. Ihr Bruder war weg.

Molly stürzte in den Nebel und tastete nach ihm.

Nichts.

»Molly!«, schrie Arthur. »Halt!«

Sie spürte einen kalten Luftzug und blieb vor Angst wie angewurzelt stehen.

Dann, im nächsten Augenblick, verzog sich der Nebel so plötzlich, wie er gekommen war.

Benommen taumelte Molly rückwärts, weg vom Abhang. Ihr Atem ging in schnellen Stößen.

Das musste irgendein grausamer böser Zaubertrick sein. Die Möwen kreischten wieder, und das Meer glitzerte in der Sonne. Der klare blaue Horizont war mit weißen Segelbooten gesprenkelt. Ihre Finger umschlossen einen einsamen kleinen Handschuh.

Nur Jack blieb verschwunden.

4

»Jack? *Jack!*« Molly war heiser vom Rufen. Und vor Angst. »Jack, *komm zurück!*«

Arthur hastete zu der Eiche, die Jack so fasziniert hatte. »Jack!« brüllte er, dann drehte er sich um und rief Molly zu: »Keine Angst, er kann noch nicht weit gekommen sein.«

Bis zum Klippenrand ist es nicht weit, dachte Molly, und ihr wurde ganz übel. Viel kürzer als bis zum Baum. »Jack, komm sofort wieder her!«, brüllte sie. Wenn er nur den Verschwindetrick ausprobierte, den Dad ihm beigebracht hatte, dann würde sie … oh, sie würde ihm *und* ihrem Vater gehörig die Meinung geigen.

Hoffnungsvoll sah Molly sich um, aber hier in der Nähe gab es kein geeignetes Versteck für den Verschwindetrick – außer vielleicht im Steilhang. Der Gedanke ließ Molly das Blut in den Adern stocken.

Als Arthur den Hügel wieder heruntergerannt kam, war er außer Atem und rang nach Fassung. »Okay, Molly, wir müssen uns jetzt beruhigen und systematisch vorgehen«, sagte er eindringlich. »Wir finden ihn garantiert, keine Sorge!«

Molly war ihrem Cousin so dankbar, dass ihr Tränen in

die Augen traten. »In Ordnung. Lass uns unten bei der Statue anfangen!« Sie lief zu dem Steinjungen mit dem Schal. Jacks Fäustling hielt sie immer noch fest umklammert.

Doch egal, wie sorgfältig sie den gesamten Weg absuchten, egal, wie laut sie Jacks Namen schrien, von ihrem kleinen Bruder fehlte jede Spur. Kurz vor dem Klippenrand blieb Molly stehen. Ihre Kehle war vor Angst wie zugeschnürt.

»Und wenn er runtergefallen ist, Arthur?«

Ihr Cousin stand neben ihr und blickte in die Tiefe. »Das kann nicht sein! Dann hätte er doch … ich weiß nicht …« Er schluckte. »Na ja – geschrien oder so.«

»Hältst du mich fest, damit ich runterschauen kann? Greif mit der anderen Hand nach dem Baum da.« Eigentlich wollte Molly es gar nicht sehen, aber sie musste nachschauen, sie musste wissen, ob ihr kleiner Bruder dort unten lag.

Arthur nickte und packte Mollys Hand, während sie sich langsam vorbeugte. Ihr Atem ging schneller. Sie blinzelte und spähte hinunter. Tief unter ihr erstreckte sich der Strand in seiner gesamten Breite. Glatt und leer lag er da, und das blaue Meer zwischen den beiden felsigen Landzungen war ganz ruhig. Da war nichts und niemand, geschweige denn ein kleiner Junge. Als Arthur sie zurückzog, wusste sie nicht, ob sie erleichtert sein sollte oder noch panischer als vorher.

Sie schüttelte den Kopf. »Da unten ist er nicht.«

»Also ist er zumindest nicht gefallen«, sagte Arthur leise. »O Molly, das ist alles meine Schuld!«

Molly sah ihn verständnislos an. »Wie meinst du das?«

»Es tut mir so leid!« Arthur ballte die Hände zu Fäusten. »Ich hätte auf die verrückte Alte hören müssen. Ich hätte euch nie hierherschleppen dürfen.«

Wow! Molly war beeindruckt. Dass ihr arroganter Cousin so etwas wie Reue empfinden könnte, hätte sie nicht für möglich gehalten. »Es ist nicht deine Schuld, Arthur«, sagte sie schnell. »Ehrlich. Ich habe schließlich ja gesagt, oder?«

Und überhaupt, wie sie hier gelandet waren, war im Moment Mollys geringste Sorge. Sie schaute sich hektisch um. Wo steckte der kleine Teufel? O Jack, dachte sie, bitte, bitte komm zurück, ich verspreche dir auch, dass ich dich nicht anschreie. Du kriegst sogar Schokolade, wenn du jetzt kommst, ganz viel Schokolade!

»Der Leuchtturm!«, rief Arthur plötzlich. »Da haben wir noch nicht gesucht.«

Mollys Blick folgte seinem Zeigefinger, und ihre Miene hellte sich auf. Dort musste ihr kleiner Bruder sein! Der Leuchtturm war zwar relativ weit weg, ein ganzes Stück den Hang hinauf, und sie hätte nicht geglaubt, dass Jack in der kurzen Zeit so weit laufen konnte, aber wenn er sich wirklich beeilt hatte … »Natürlich! Nichts wie hin.«

Sie rannten durch das windzerzauste Gras, strauchelten und glitten aus. Die Steinchen stoben nur so nach allen Seiten. Weiter oben gabelte sich der Pfad: Der rechte Weg führte zurück ins Zentrum der Insel, der linke zum Leuchtturm auf seinem Felsvorsprung. Sie bogen nach links ab und rannten den Rest des Weges. Keuchend vor Erschöpfung, stieß Arthur ein kleines Eisentor auf, und sie hasteten die Stufen zur Eingangstür hinauf.

»Anklopfen hat keinen Zweck, Dad meint, der Turm ist unbemannt«, erklärte Arthur und drückte bereits die schwere eiserne Klinke herunter. Entschlossen stemmte er sich gegen die Tür, die erst knirschte und bebte, bevor sie am Ende doch aufschwang.

Nach dem Wind auf den Klippen kam ihnen die Luft im Inneren des Leuchtturms sehr ruhig vor. Sie standen in einem kreisförmigen Raum mit einer Wendeltreppe, die nach oben führte und in einem anderen Stockwerk verschwand, dem Lampenhaus wahrscheinlich. Hier unten jedenfalls war alles leer, bis auf ein paar tote Fliegen, Spinnweben und aufeinandergestapelte, staubbedeckte Kisten an den Wänden.

Molly legte den Kopf in den Nacken und drehte sich einmal um die eigene Achse. Eine seltsame Atmosphäre herrschte hier, als hätte die große Lampe an der Spitze des Leuchtturms ihre Elektrizität im gesamten Gebäude verteilt.

»Jack!«, rief sie.

»Er ist hier. Er muss hier sein!«, flüsterte Arthur. »Irgendjemand ist hier, das spüre ich. Ganz deutlich.«

Molly wusste genau, was er meinte. Sie fröstelte. »Jack! Wenn du hier bist, komm raus!«, rief sie so entschlossen wie möglich.

Arthur kletterte bereits die Wendeltreppe hinauf, in Richtung Tageslicht. »Wir finden ihn!«, versprach er. »Hier gibt es nicht viele Orte, an denen er sich verstecken kann.«

Molly folgte ihm. Arthur hatte recht: Die eiserne Treppe mit den Gitterstufen verbarg nichts. Doch als sie den Leuchtturm von unten bis oben durchsucht hatten, fehlte von Mollys kleinem Bruder noch immer jede Spur. Auf der Galerie um die gläserne Laterne hielten sie kurz inne und schauten über die zerklüftete Felsenlandschaft.

»Die Aussicht ist unglaublich«, sagte Molly schwach. »Wenn Jack hier irgendwo in der Nähe wäre, würden wir ihn sehen. Du glaubst doch nicht, dass er ins Meer gespült worden ist, oder?«

Arthur schüttelte entschieden den Kopf. »Es ist Ebbe, und das Wasser ist total ruhig. Kaum eine Welle! Vielleicht ist er zurück nach Hause?«

»Dann hätten wir ihn doch gesehen, als sich der Nebel gelichtet hat.« Mollys Miene verdüsterte sich noch mehr. »Bestimmt hat er sich verlaufen!« Sie war verzweifelt. Was sollte sie ihrer Mutter und ihrem Vater sagen, wenn er sich verletzt hatte oder – noch schlimmer – wenn sie ihn nie wiederfand? Wie könnte sie ihnen jemals beibringen, dass sie ihren kleinen Bruder verloren hatte, und das innerhalb eines einzigen Augenblicks?

»Weißt du was? Wir gehen jetzt erst ins Dorf und dann zurück zum Schloss«, schlug Arthur vor. »Wenn Jack sich verlaufen hat, ist er vielleicht nach Crowsnest. Man kann den Kirchturm von hier aus sehen, und wenn er jemanden sucht, der ihm hilft, wäre er doch vernünftig genug, dorthin zu gehen, oder?«

»Keine Ahnung, ob er so vernünftig wäre. Er ist doch erst vier!« Molly war kurz davor, hysterisch zu werden.

»Dann vielleicht, weil er ein Eis will. Essen kann der kleine Zauberer doch immer, oder?«

Molly lachte zitterig. »Stimmt. Auf alle Fälle ist es einen Versuch wert!« Sie war überrascht, wie sehr sie Arthurs Pragmatismus beruhigte. Möglicherweise hatte ihr Cousin doch nicht nur dumme Ideen. Und zumindest hatten sie so etwas zu tun, das sie von ihrer Angst ablenkte.

Am Abend zuvor war das Dorf wie ausgestorben gewesen, aber an diesem Morgen waren die engen Straßen beinahe belebt. Ein Mann auf einer Trittleiter stutzte seine Hecke, zwei alte Frauen tauschten im Eingang eines kleinen Supermarkts den neusten Klatsch aus, und die Glocke des Postamts läutete laut und oft, weil wieder jemand hineinging oder herauskam, fröhlich einen Bekannten grüßte oder geschäftig weitereilte. Zwei Hundebesitzer unterhielten sich angeregt, ohne ihre wütend bellenden Vierbeiner zu beachten oder die Tatsache, dass sie Molly und Arthur den Weg versperrten.

Molly musste auf die Straße ausweichen, wofür Arthur die beiden mit einem ganz besonders bösen Blick bedachte.

»Ich sehe hier überhaupt keine Kinder«, sagte Molly und suchte vergeblich die Straßen nach Jacks kleiner Gestalt ab. »Wir könnten in den Geschäften fragen. Wie wär's mit dem da? *W. Chambers …*«

»Ein Souvenirladen? Da ist er bestimmt nicht. Schau

mal, da drüben ist ein Café – *Rizzos Eisdiele*, das klingt doch schon viel besser.«

Schnell rannten die beiden dorthin, doch die große blonde Dame mit den rosigen Wangen, die hinter dem Tresen stand, schüttelte nur den Kopf. »Ein kleiner Junge? Nein, der wäre mir sicher aufgefallen. Er wäre schließlich der einzige hier.«

Molly und Arthur sahen sich an. »Der einzige Junge?«, fragte Molly nach.

»Das einzige *Kind*! Außer euch beiden natürlich. Soweit ich weiß, seid ihr wirklich die einzigen Kinder auf der Insel. Macht ihr hier Ferien?«

Molly war viel zu verblüfft, um zu antworten, aber Arthurs Augen wurden ganz groß vor Entsetzen. »Keine anderen Kinder? Gar keine?«

»Nein, auf Ravenstorm wohnen schon seit Jahren keine Kinder mehr«, sagte die Frau nachdenklich. Dann rief sie: »Gianni! Ein kleiner Junge war heute nicht hier, oder?«

Ihr Mann steckte den Kopf aus einer Regalreihe weiter hinten im Laden. Er war ziemlich klein und schwarzhaarig mit lachenden braunen Augen. »Ein Junge? Pah! Wir würden viel mehr verkaufen, wenn hier einer herumlaufen würde.«

Jetzt lachte auch Mrs Rizzo und nickte. »Wenn ihr ihn findet, bringt ihn mit und kauft euch allen ein Eis!« Aber als sie Mollys Gesichtsausdruck sah, fügte sie mitfühlend hinzu: »Versucht es mal bei Sergeant Garland. An der nächsten Ecke rechts, das kleine Haus mit den Blumenkübeln. Die Polizeiwache ist in ihrem Wohnzimmer. Sie findet deinen kleinen Bruder, wenn er sich verlaufen hat, keine Sorge.«

Als sie wieder draußen waren, wirkte Arthur verdrossener als je zuvor. »Keine Kinder«, sagte er immer wieder. »Gar keine Kinder. Hier zu wohnen wird bestimmt ein echter Spaß.«

Jetzt war Molly an der Reihe, Arthur zu trösten, denn so besorgt sie auch um ihren kleinen Bruder war, ihr Cousin tat ihr schrecklich leid. Dort oben auf Schloss Ravenstorm war es schon einsam genug, und jetzt sah es auch noch so aus, als würde er auf der gesamten Insel keine Freunde finden können. Ein neues Geschwisterchen war ja schön und gut, aber besonders viel konnte man mit einem Baby nicht anstellen.

»Da ist die Polizeiwache«, sagte Arthur, nachdem sie rechts abgebogen waren. »Wow. Nicht gerade Scotland Yard hier, was?«

Das Schild mit der Aufschrift *POLIZEI* hing neben mehreren Blumenkästen vor einem weißen Häuschen, dessen Tür und Fensterrahmen in einem hübschen Dunkelblau gestrichen waren. Molly öffnete das hölzerne Gartentor.

»Sieht aber nett aus.« Sie schöpfte wieder Hoffnung.

»Und guck mal!«, rief Arthur lachend. »Noch eine von diesen Statuen, mitten im Garten der Polizei.«

»Tatsächlich!« Irgendwie stimmte das Molly noch optimistischer. Das kleine Steinmädchen saß im Schneidersitz neben einem Trampolin und schaute nach oben, das Haar ins lachende Gesicht geweht. Die Augen hatte sie gegen die Sonne abgeschirmt. »Ich kann immer noch nicht fassen, wie lebendig sie aussehen. Dein Dad hat recht mit der Künstlerin.«

»Hast du schon mal eine Polizeiwache mit einem Trampolin im Garten gesehen?« Arthur knuffte Molly in die Seite, als sie die Hand nach der Klingel ausstreckte. »Sergeant Garland ist *garantiert* nett!«

Genauso wirkte die Polizistin, die ihnen die Tür öffnete, auch, von der Uniform und ihrer Dienstmarke einmal abgesehen. Sie lächelte, während sie den Blick vom einen zum anderen wandern ließ, und strich sich den zerzausten roten Pony aus den blauen Augen. »Wie kann ich euch helfen, Kinder?«

Die Geschichte sprudelte so schnell und verworren aus ihnen heraus, dass Sergeant Garland sie zuallererst einmal beruhigen musste, um ihnen folgen zu können. Dann bat sie Molly, noch einmal ganz von vorne anzufangen, und zwar alleine. Als Molly fertig war, hatte sie einen dicken Kloß im Hals. Sergeant Garland runzelte die Stirn und legte ihr tröstend den Arm um die Schulter.

»Und es gibt nirgends eine Spur von ihm«, beendete Molly ihren Bericht mit kläglicher Stimme. »Wir haben schon überall gesucht!«

»Ganz bestimmt, aber ihr seid neu auf der Insel, nicht? Nun, hier gibt es eine Menge Orte, an denen ein abenteuerlustiger kleiner Junge sich verlaufen könnte. Du brauchst dir gar keine Sorgen zu machen, Molly, ich werde Jack in null Komma nichts finden.«

Molly kämpfte mit den Tränen. »Hoffentlich.«

»Ganz sicher! Was ist mit deiner Tante und deinem Onkel? Habt ihr sie schon angerufen und ihnen erzählt, wo ihr seid und was passiert ist?«

»Wir ... Nein.« Molly wurde rot. »Mein Handy funktioniert hier nicht, ich kriege kein Netz.«

»Ich auch nicht«, gab Arthur zu. »Ich hab's gestern Abend probiert, aber da war nichts zu machen, also habe ich es heute zu Hause gelassen.«

»Ja, hier hat man fast nie Empfang«, bestätigte die Polizistin. »Dann lasst uns erst einmal reingehen und über Festnetz auf Schloss Ravenstorm anrufen.« Sergeant Garland hatte sich bereits umgedreht, um vorauszugehen, doch Arthur betrachtete noch das Trampolin im Garten.

»Uns gefällt Ihre Statue«, sagte er und fragte dann hoffnungsvoll: »Sie haben also Kinder?«

»Kinder?« Sergeant Garland schaute sich erstaunt um.

»Na, wegen dem Trampolin«, erklärte Arthur.

»Ach so, das. Nein, nein, das benutze ich nur für ... um fit zu bleiben. Bei dem ganzen Kuchen in Miss Badcrumbles Teeladen muss ich ein bisschen Sport treiben. Nein, auf der Insel gibt es keine Kinder. Deshalb ist es auch so schön, euch beide hier zu sehen!«

Mit langem Gesicht trottete Arthur hinter Sergeant Garland und Molly her ins Wohnzimmer. Die Einrichtung war eine seltsame Mischung aus heimeliger Gemütlichkeit und praktischen Büromöbeln. Trotz Schreibtisch und Aktenschrank wirkte die Polizeiwache überhaupt nicht einschüchternd. Arthur und Molly wanderten herum und lasen Plakate über Taschendiebe, Fahrradschlösser und Verkehrssicherheit, die alle völlig bedeutungslos für die Insel Ravenstorm zu sein schienen, während Sergeant Garland leise in das Telefon auf ihrem Schreibtisch sprach.

»Sie findet Jack«, flüsterte Arthur Molly zu. »Sie hat recht: Wir kennen die Insel einfach nicht gut genug.«

»Ja, das wird es sein.«

Als sie hörten, wie Sergeant Garland auflegte, wandten sich die beiden Kinder erwartungsvoll zu ihr um, doch zu Mollys Entsetzen war ihre Miene ernst.

Die Polizistin verschränkte die Arme vor der Brust und sagte: »Na schön, ihr zwei. Ich weiß, dass ihr beiden Ferien habt und euch langweilig ist, aber das war wirklich geschmacklos. Ab nach Hause mit euch, Mr und Mrs Wolfrey warten schon.«

»Aber …« Molly schaute verwirrt zwischen Sergeant Garland und Arthur hin und her. »Was ist mit Jack?«

Sergeant Garland schnalzte missbilligend mit der Zunge. »Jetzt ist es aber wirklich genug. Ravenstorm mag für euch wie eine friedliche kleine Insel aussehen, aber ich versichere euch, ich habe mehr als genug zu tun, auch ohne Kinder, die mir Märchen erzählen. Ah, ah, ah …« Sie hob eine Hand, um ihre Proteste zu ersticken. »Wenn ihr so weitermacht, handelt ihr euch bloß noch mehr Ärger ein. Lügen ist falsch, auch wenn es nur ein Spiel ist. Hier gibt es vielleicht keine anderen Kinder, aber wenn ihr eure Phantasie zur Abwechslung einmal *positiv* einsetzt, könnt ihr allerhand erleben. Es gibt ein Vogelreservat, das Dorfmuseum, den Strand und sogar einen Radweg rund um die Insel. Wenn ihr keine Fahrräder habt, fragt einfach die Dame von der Post, da könnt ihr euch welche ausleihen. Und jetzt ab mit euch!«

Molly und Arthur blieb nichts anderes übrig, als sich betreten davonzuschleichen.

»Was war das denn?«, fragte Arthur, nachdem die dunkelblaue Tür hinter ihnen zugefallen war. »Meinst du, Jack hat irgendwie selbst nach Hause gefunden?«

Molly war wie vor den Kopf geschlagen und wurde allmählich wütend auf ihren kleinen Bruder. »Wie kann er uns das nur antun?«

»Na ja, er ist eben noch sehr klein«, erwiderte Arthur.

»Er ist ein kleines Scheusal … Dass er uns so reingelegt hat!« Molly machte ein finsteres Gesicht, doch dann stiegen erneut Zweifel in ihr auf. »Aber so etwas würde er nicht tun. Das *weiß* ich einfach. Er ist zwar manchmal frech und ungezogen, aber so eine Angst würde er mir niemals einjagen.«

»Vielleicht ist ihm das gar nicht klar«, gab Arthur zu bedenken. »Dass wir uns schreckliche Sorgen um ihn machen, meine ich.«

Molly schüttelte mit Nachdruck den Kopf. »So doof ist er nun auch wieder nicht, ehrlich. Außerdem, meinst du nicht,

Sergeant Garland hätte uns gesagt, wenn er schon zu Hause wäre? Aber kein Wort! Vielleicht haben deine Mum und dein Dad sie nicht richtig verstanden. Vielleicht haben sie überhaupt nicht kapiert, dass Jack verschwunden ist.«

»Es gibt nur einen Weg, das rauszufinden.« Entschlossen steuerte Arthur auf die Straße in Richtung Schloss zu. »Los, lass uns nach Hause gehen. Ich hab sowieso Hunger.«

Sie waren noch keine hundert Meter weit gelaufen, als sie im Schatten der hohen Buchen eine vertraute Gestalt auf sich zukommen sahen. Ein langer, raschelnder Rock, zerschlissene Handschuhe mit baumelnden Fingern, struppige Locken …

Miss Badcrumble blieb wie angewurzelt stehen. »Oh! Kinder!«

Molly hätte schwören können, dass ihre glänzenden Knopfaugen die Straße hinter ihnen absuchten. Hatte sie noch eine andere kleine Person erwartet? Als ihr Blick sich wieder ihnen zuwandte, kaute sie auf ihrer Lippe herum.

»Miss Badcrumble, haben Sie Jack gesehen? Den kleinen Jungen, der vorhin bei uns war?«

»Jack?« Sie fuhr sich mit den behandschuhten Fingern durchs Haar oder versuchte es zumindest: Lose Wollfäden verfingen sich in ihren wirren Locken, und sie musste kräftig ziehen, um sie wieder freizubekommen. »Ach du liebe Zeit, nein! Was? Warum sollte ich ihn gesehen haben?«

»Na, weil er vielleicht an ihnen vorbeigelaufen ist?«, schlug Arthur geduldig vor.

»An mir vorbeigelaufen? Ich kann mir nicht vorstellen, wieso … Ich weiß es nicht! Woher sollte ich auch? Wirklich. Ich habe keine Ahnung, was ihr meint!«

Ein Anflug von Panik breitete sich auf ihrem Gesicht aus, dann huschte sie an ihnen vorüber und stolperte beinahe über ihre bodenlangen Röcke. Unbeholfen raffte sie die Stoffbahnen zusammen und eilte schnurstracks davon. Molly und Arthur sahen ihr verdutzt nach.

»Was zur Hölle war das denn?«, entfuhr es Molly.

Arthur schüttelte ungläubig den Kopf. »Diese Frau ist einfach nur schräg!«

»Interessiert denn niemanden, dass mein kleiner Bruder verschwunden ist? Er ist doch erst vier!« Molly spürte, wie ihr erneut Tränen in die Augen stiegen.

»Na komm.« Arthur legte ihr einen Arm um die Schulter. »Kopf hoch! Wir waren noch nicht im Schloss. So wie Sergeant Garland geklungen hat, ist Jack bestimmt schon dort, und wir machen uns ganz umsonst Sorgen.«

»Wahrscheinlich hast du recht«, murmelte Molly. »Aber ich muss es genau wissen. Los, wir rennen!«

Sie stürmten die Auffahrt hinauf. Schotter knirschte unter ihren Füßen, und sie waren beide außer Atem, als sie in die dunkle Eingangshalle stürzten. Molly hörte, wie ihr Keuchen von den hohen, gespenstischen Decken widerhallte. Die Tür fiel krachend hinter ihnen ins Schloss.

»Um Himmels willen!« Onkel Bill stand am Fuß der Treppe, ein riesiges altmodisches Haushaltsbuch in der Hand. Er lachte. »Die Welt geht nicht unter, wenn ihr zu spät zum Mittagessen kommt. Warum habt ihr's denn so eilig?«

»Dad! Jack ist hier, oder?«

Onkel Bills Stirn legte sich in Falten. »Jack?«

»Ja! Wir sind … äh … getrennt worden. Ist er direkt nach Hause gekommen?«

Molly wollte Onkel Bill am liebsten schütteln, so wie er dastand und sie verwirrt anschaute. Stattdessen ballte sie die Hände zu Fäusten. »Ist er in unserem Zimmer? Ist er zurückgekommen?«

Langsam schüttelte Onkel Bill den Kopf. »Ach so. Ihr spielt also immer noch dieses Spiel?«

»Was?«, riefen Molly und Arthur wie aus einem Mund.

Onkel Bills Gesicht wurde plötzlich ernst. »Ehrlich, von mir aus dürft ihr gerne mit euren unsichtbaren Freunden spielen, hier gibt es ja weiß Gott sonst niemanden in eurem Alter. Aber lasst Sergeant Garland damit in Ruhe! Sie hat keine Zeit für so etwas.«

Molly starrte ihn mit offenem Mund an. »Das ist kein Spiel, Onkel Bill, versprochen! Jack ist verschwunden!«

»Jack, Jack, Jack …« Belustigt schüttelte er den Kopf. »Das muss ja ein richtig tolles Spiel sein, so wie es euch beide gepackt hat. Aber Arthur, du weißt doch, dass deine Mutter und ich im Augenblick wahnsinnig viel zu tun haben. Und noch mehr Stress kann sie in ihrem Zustand nicht gebrauchen. Also spielt bitte einfach draußen weiter, okay?«

»Dad! Das ist kein Spiel! Jack ist *weg*!«

Onkel Bills Miene verfinsterte sich. Er warf Arthur einen bösen Blick zu und öffnete den Mund, wahrscheinlich, um seinen Sohn zurechtzuweisen, doch genau in dem Moment kam Tante Catherine aus der Küche gerauscht. »Was ist los, Bill? Ah, hallo, ihr zwei! Hattet ihr einen schönen Vormittag?«

Onkel Bill verdrehte die Augen. »Sie spielen immer noch dieses Spiel, Cathy.«

»Wir suchen Jack!« Molly konnte die Tränen kaum mehr zurückhalten. »Ist er nicht nach Hause gekommen?«

Tante Catherine bedachte sie mit einem nachsichtigen Lächeln. »Und wer genau ist dieser Jack? Erzähl doch mal.«

»*Mum!* Jack ist Mollys kleiner Bruder. Er hat gestern Nacht hier geschlafen, vielleicht erinnerst du dich!?«

Aber Tante Catherine ließ sich von Arthurs bissiger Bemerkung nicht beeindrucken. »Wenn er gestern Nacht hier geschlafen hat, dann kommt er auf jeden Fall zurück.« Sie zwinkerte Onkel Bill zu. »Unsichtbare kleine Jungs finden immer nach Hause. Warum geht ihr nicht raus und sucht ihn? Dein Vater und ich machen hier gerade eine Bestandsaufnahme, das ist *ziemlich* kompliziert, weißt du.«

Arthur hatte schon den Mund aufgeklappt, um zu protestieren, doch Molly packte ihn am Ärmel. Ihr Herz war bleischwer.

Onkel Bill scheuchte sie mit der freien Hand nach draußen. »Ab mit euch beiden! Wir essen heute spät zu Mittag, ihr könnt euch also Zeit lassen.«

Die Erwachsenen drehten sich um und gingen auf ihr provisorisches Büro zu, aber durch das Echo in der Eingangshalle konnte Molly trotzdem hören, wie sie leise miteinander sprachen.

»Natürlich ist es nicht einfach für sie, dass es hier keine anderen Kinder gibt, aber Sergeant Garland damit zu belästigen …«

»Ach Bill, es ist doch nichts passiert.« Tante Catherine betrat vor ihm das Zimmer. »Ich finde es süß, dass Molly sich einen kleinen Bruder erfunden hat.«

Mit einem endgültigen Knall fiel die Bürotür hinter ihnen ins Schloss.

5

»Ich versteh das einfach nicht«, sagte Molly. Sie musste ziemlich blass sein, weil Arthur sie sanft nach draußen bugsierte und dann vorsichtig auf die Treppe setzte. Außerdem war ihr schwindelig und übel. »Irgendwas stimmt hier nicht! Das war kein Scherz von deinen Eltern, da bin ich mir sicher. Sie erinnern sich wirklich nicht an Jack!«

»Natürlich war das kein Scherz. So was würden sie nie machen!« Arthur hockte sich neben sie.

»Aber wie kann das sein?« Molly rieb sich die feuchten Augen. »Wie konnten sie ihn *vergessen*? Was auch immer hier los ist, es ist schrecklich und seltsam und unheimlich!«

Die Baumkronen flüsterten leise im Wind, Sonnenflecken tanzten auf den Treppenstufen, der Himmel war wieder strahlend blau, und selbst die Luft wurde allmählich wärmer. Es kam Molly falsch vor, dass das Wetter so schön wurde, nachdem etwas so Schreckliches passiert war.

»Hör mal«, fing Arthur an. »Ich weiß, ich war gestern nicht sonderlich nett zu dir. Aber ich war stinksauer auf meine blöden Eltern. Die haben mich nicht einmal gefragt, ob ich hierherziehen will … egal, es war auf jeden Fall nicht okay, dass ich das an dir ausgelassen habe. Tut mir leid.«

»Danke«, erwiderte Molly. »Aber ich versteh dich. Wenn meine Eltern so was machen würden, wäre ich auch ziemlich sauer.«

»Ich weiß nicht«, murmelte Arthur. »Meine Probleme kommen mir mittlerweile ziemlich lächerlich vor bei dem ganzen Schlamassel.«

Molly starrte die Auffahrt hinunter und versuchte, sich zu konzentrieren. Was könnte einen dazu bringen, einen kleinen Jungen zu vergessen? Wo war Jack? Ihr schwirrte der Kopf: Das Ganze war nicht nur beängstigend, es kam ihr auch völlig widersinnig vor. Gleich würde sie selbst glauben, dass sie Jack nur erfunden hatte.

Schnell sprang sie auf. So etwas darfst du nicht einmal denken, schalt sie sich selbst. »Keine Ahnung, was mit deinen Eltern los ist, aber wir gehen jetzt hoch und holen Jacks Sachen aus unserem Zimmer. Sein Teddy ist noch da und seine Klamotten und sein kleiner Rucksack. Dann *müssen* sie uns glauben, dass wir uns Jack nicht nur eingebildet haben.«

»Warum ist *mir* das nicht eingefallen?« Arthur schlug sich so theatralisch die Hand gegen die Stirn, dass er Molly beinahe zum Lachen gebracht hätte. »Hervorragend kombiniert, Sherlock Holmes! Suchen wir die Beweise.«

Sie stürmten die breite Treppe hinauf, immer zwei Stufen auf einmal, so schnell, dass Arthur über eine hochstehende Teppichecke stolperte. Doch kaum hatten sie ihr Zimmer betreten, blieben sie wie angewurzelt stehen.

Molly schaute sich ungläubig um. »Jemand hat hier aufgeräumt.«

»Nein.« Arthur schüttelte den Kopf. »Guck, *unsere* Betten sind nicht gemacht!«

Er hatte recht. Mollys Bettdecke lag noch immer so schief auf ihrer Matratze, wie sie sie am Morgen zurückgelassen hatte; die von Arthur lag zusammengeknüllt auf der Seite, sein zerknitterter Schlafanzug mitten auf dem Kissen.

Nur von Jacks gemütlichem Feldbett mit dem Piratenbettzeug fehlte jede Spur.

»Das ist doch bescheuert!« Molly ging in die Hocke und stöberte hektisch unter Arthurs Bett herum. Dann hob sie ächzend ihre Matratze an, als könnte darunter ein Feldbett versteckt sein. Arthur durchwühlte den gewaltigen Kleiderschrank, aber weil nicht viel darin lag, war er schon nach ein paar Sekunden fertig. Nachdem er alles auf den wertvollen antiken Teppich geschleudert hatte, starrten die beiden den mickrigen Haufen aus Klamotten und Spielzeug an.

»Wo ist Jacks Rucksack?«, fragte Arthur mit matter Stimme.

»Alles ist weg. Sogar sein Teddy!« Molly ließ sich auf Arthurs Bett fallen und klammerte sich an der Kante fest. Sie hatte Angst, sonst einfach runterzukippen.

Sie schloss die Augen und spürte, wie die Matratze nachgab, als Arthur neben sie plumpste. Ihre Gedanken rasten, führten aber nirgendwohin. Denk nach, Molly!

»Ich kann nicht mal beweisen, dass er hier war«, wimmerte

sie nach einer Weile. »Als hätte ich nie einen kleinen Bruder gehabt. Jack war doch hier, oder, Arthur?«

Arthur drehte sich zu ihr und schaute sie schweigend an. »Wenn nicht, dann haben wir beide denselben Traum gehabt«, erklärte er mit fester Stimme. »Und wir kennen uns erst seit *gestern*. Also war er auf jeden Fall hier!« Plötzlich fingen seine Augen an zu leuchten. »Molly, guck mal in deine Jackentasche!«

Molly tat, was er gesagt hatte. Sie wühlte in ihrer Jacke und förderte ein paar Fusseln zu Tage, ein Taschentuch und eine Münze … und noch etwas, etwas Weiches, Dickes.

»Jacks Handschuh!«, rief sie mit einer Mischung aus Schluchzen und Lachen.

»Dachte ich mir doch, dass du den noch hast«, sagte Arthur triumphierend. »Also brauchen wir uns nicht mehr den Kopf darüber zu zerbrechen, ob es Jack wirklich gegeben hat. Es *hat* ihn gegeben, wir haben ihn uns *nicht* eingebildet, und jetzt gehen wir runter und halten Mum und Dad den Beweis dafür unter die Nase!«

»Darauf kannst du Gift nehmen! Und schau, hier ist die Münze, mit der Jack und ich im Flugzeug gespielt haben.« Molly ließ ein Zehnpencestück zwischen den Fingern herumwirbeln. »Arthur, das ist doch komplett verrückt! Jack ist verschwunden wie die Münze, aber er ist nicht wieder aufgetaucht. Wie bei den Zaubershows meiner Eltern, nur dieses Mal in echt. Das ist kein popeliger Verschwindetrick, er hat sich einfach in Luft aufgelöst!«

Die beiden beobachteten, wie die Münze durch Mollys Finger wanderte, hin und her und hoch und runter.

»Arthur?«

»Was?«

»Glaubst du … bitte lach nicht, aber glaubst du, dahinter steckt vielleicht echte Magie?«

»Natürlich nicht«, antwortete Arthur bestimmt. »Es gibt keine echte Magie, auch wenn du es dir noch so sehr wünschst, Molly.«

»Nein, ich weiß, aber …«

Arthur schüttelte erneut den Kopf. »Los, zeigen wir Mum und Dad den Handschuh.«

Die beiden stürmten los. Doch als sie nach unten kamen, waren Tante Catherine und Onkel Bill noch immer mit dem Haushaltsbuch und der Bestandsliste beschäftigt und konnten nur schwer ihren Ärger über die erneute Unterbrechung verbergen.

Mit einem Seufzen nahm Onkel Bill seine Lesebrille ab. »Ein Handschuh? Ja, Arthur, es werden manchmal Handschuhe an die Küste gespült.«

»Aber Dad, der hier hat Jack gehört!«

»Ehrlich, ihr zwei!« Tante Catherine klang, als wäre sie am Ende ihrer Geduld. »Holt euch was zu essen und nehmt euren Jack mit. So eine blühende Phantasie ist ja schön, und ich gönne euch den Spaß von Herzen, aber es gibt Leute, die arbeiten müssen, und zwar in der realen Welt!«

Molly und Arthur blieb nichts anderes übrig, als sich leise

davonzumachen. Einen Moment lang standen sie einfach in der Küche herum und schauten sich hoffnungslos an.

»Vielleicht sollten wir deine Eltern anrufen«, schlug Arthur vor. »Dafür müssten wir allerdings das Festnetztelefon benutzen, und das steht in Mums Arbeitszimmer.«

Beim Gedanken daran, dass Tante Catherine den Anruf womöglich hören würde, schüttelte es Molly zwar, aber vor etwas anderem graute ihr noch viel mehr. Sie könnte es nicht ertragen, ihren Eltern alles zu beichten, noch nicht. Nicht, solange es noch Hoffnung gab, Jack zu finden. Er *musste* irgendwo auf der Insel sein. »Nein! Nein, ich muss es selbst versuchen – versuchen, ihn zu finden. Zumindest im Moment, Arthur. Das kann ich Mum und Dad nicht antun, nicht, wenn sie so weit weg sind!«

»Dann sind wir also auf uns allein gestellt«, sagte Arthur. Entschlossenheit blitzte in seinen Augen auf.

»Und noch etwas«, sagte Molly. »Wenn alle Jack auf einmal vergessen haben – was, wenn das auch mit meinen Eltern passiert ist? Was, wenn sie auch glauben, dass wir Jack erfinden?«

Arthur starrte sie an und schüttelte den Kopf. »Das kann nicht sein. Das wäre ja *furchtbar*!«

»Das *alles* ist total furchtbar, aber es geschieht trotzdem!«, erwiderte Molly. »Und soll ich dir was sagen? Es ist doch Zauberei. *Echte* Zauberei. Auch wenn es mir nicht gefällt, anders lässt sich das Ganze nicht erklären, Arthur! Jack ist spurlos verschwunden, die ganze Insel vergisst, dass es ihn jemals gegeben hat, und nicht einmal die Polizei will uns glauben. Das *muss* Zauberei sein!«

Arthur wirkte immer noch skeptisch, aber er nickte langsam. »Vielleicht hast du recht. Oder es ist so was wie Hypnose? Du kennst dich doch mit diesem ganzen Zauberzeug aus.«

»Aber nicht mit echter Zauberei«, gab Molly heftig zurück. »Was meine Eltern machen, ist genau das, was du gesagt hast: Geschicklichkeit und Illusion. Das hier ist viel mehr!« Sie erinnerte sich, wie sehr sie sich gewünscht hatte, dass es echte Magie gäbe. Jetzt sah sie die Sache ein klein wenig anders.

»Egal, was es ist, es muss einen Grund haben.« Arthur schob sie die Auffahrt entlang. »Lass uns bei den Klippen anfangen. Wir schauen, ob wir was übersehen haben, und danach gehen wir noch mal ins Dorf. Irgendjemand auf dieser Insel weiß mehr, als er zugeben will. Und dieser Jemand wird uns verraten, was mit Jack passiert ist. Das garantiere ich dir.«

In der gleißenden Nachmittagssonne warfen die wild wuchernden Lorbeerbäume und Rhododendronsträucher lange dunkle Schatten über die Auffahrt. Molly zuckte zusammen, als sich dazwischen plötzlich ein noch dunklerer Schatten bewegte. Gleich darauf erkannte sie jedoch die große, breitschultrige Gestalt von Mason. Er hatte auf dem Boden gekniet, unter den mächtigen Torpfosten mit den Rabenfiguren, aber jetzt hievte er sich hoch und blickte ihnen entgegen.

Ein Lächeln flog über sein steinernes Gesicht, doch es war ein trauriges Lächeln. In der rechten Hand hielt er eine Untertasse, in der linken einen nassen Lappen.

»Molly. Master Arthur. Ich habe nur gerade, äh … hier saubergemacht.«

»Hallo, Mason.« Molly zwang sich, sein Lächeln zu erwidern. »Haben Sie Jack gesehen?«

Bildete sie sich das nur ein, oder zögerte er kurz? »Wen, Molly? Jack hast du gesagt?«

»Meinen kleinen Bruder, wissen Sie nicht mehr?« Schon während Molly die Frage stellte, spürte sie tief in ihrem Inneren, dass es hoffnungslos war.

»Aber ich … kann mich nicht an einen kleinen Bruder erinnern.« Mason wich ihrem Blick aus. Stattdessen betrachtete er die Untertasse in seiner Hand und wischte unnötigerweise mit dem Lappen darüber.

Arthur schaute auf das Tellerchen. »War das Milch?«

»Ja. Ich … ich stelle gern ein bisschen hier draußen hin. Für die Streuner.« Abwesend tupfte Mason sich mit dem Lappen die Stirn ab. »Es bringt Glück, sich mit den Katzen gutzustellen.«

Molly tauschte einen schnellen Blick mit Arthur. Mason war wirklich sehr abergläubisch.

Unvermittelt räusperte er sich. »Apropos Glück, ihr habt hoffentlich eure Talismane noch?« Er sah sie nacheinander prüfend an. »Ja? Das hatte ich gehofft. Gut, gut. Bitte entschuldigt mich jetzt, ich muss zurück ins Haus.«

Sie mussten einen Schritt zur Seite treten, damit der alte Mann zwischen ihnen hindurchgehen konnte. Nachdem er beiden zum Abschied kurz zugenickt hatte, schlurfte er gedankenverloren die Auffahrt hinauf. Molly und Arthur sahen ihm nach, bis er im Schloss verschwunden war.

»Also, das war komisch«, sagte Arthur. »Allmählich wird mir dieses ganze Gerede über Glück und Talismane unheimlich.«

Molly zuckte die Schultern. »Ich weiß nicht. Wenn es hier echte Zauberei gibt, ist da vielleicht auch was dran. Glaubst du, er weiß irgendwas? Mason, meine ich?«

»Wenn, dann hätten wir schlechte Karten. Da könnten wir genauso gut versuchen, einen Stein auszuquetschen.« Arthur zog die Nase kraus. »Komm, wir gehen zum Kliff. Und dieses Mal passen wir auf den Nebel auf.«

Letztes Mal haben wir ziemlich gut aufgepasst und sind trotzdem überrascht worden, dachte Molly.

Aber da ihr nichts Besseres einfiel, folgte sie ihrem Cousin den engen Pfad zwischen den Feldern hindurch. Das Meer glitzerte und funkelte wie am Morgen. Winzige Yachten tief unter ihnen nutzten die steife Brise und schossen um die Landzunge herum. Weiter draußen zeichnete sich ein Tanker am Horizont ab. Molly fröstelte bei dem Gedanken daran, wie schnell sich die gute Sicht heute schon einmal geändert hatte.

Die Möwen kreischten über ihren Köpfen, während sie akribisch jeden Zentimeter Boden absuchten und sogar die größeren Büschel des harten Grases auseinanderbogen, damit sie auch wirklich nichts übersahen. Sie durchkämmten die gesamte Strecke zwischen dem Leuchtturm und der knorrigen Eiche, bückten sich bei jedem Schritt und wurden immer mutloser. Schließlich richtete Arthur sich auf und streckte sich.

»Ich glaub nicht, dass wir hier noch was finden. Warum gehen wir nicht –«

»Warte!«, rief Molly und beugte sich zu einem windzerzausten Büschel rosa Blumen hinunter. Etwas Helles lag halbversteckt zwischen den Stengeln. »Da, schau!«

Triumphierend schwenkte sie den weißen Kiesel. Arthur kam sofort zu ihr.

»Jacks Talisman!«, flüsterte er und zeichnete den Raben mit der Fingerspitze nach.

»Weißt du noch, was er gesagt hat, kurz bevor er verschwunden ist?« Molly schloss die Hand fest um den Stein. »Er hat gesagt, er würde einen Stein werfen und horchen, wo er auftrifft. Er muss seinen Talisman geworfen haben!«

»Ach, Jack.« Arthur blickte sich nach allen Seiten um.

»Siehst du? Langsam glaubst du dasselbe wie ich. Er hat seinen Talisman weggeworfen, und deswegen war er schutzlos.«

»Jetzt werden wir mal nicht abergläubischer als Mason, okay?«, erwiderte Arthur ein klein wenig zu hastig. »Aber der Stein ist ein weiterer Beweis dafür, dass Jack hier war. Also schauen wir uns noch ein letztes Mal um.«

Molly nickte, und mit neuer Hoffnung schritten sie das Gebiet ab, spähten, so gut sie konnten, über den Klippenrand und durchsuchten Gras und Gestrüpp noch gründlicher. Molly wollte gerade den Fuß in ein Fleckchen sandige Erde stoßen, da fiel ihr etwas auf. Sie ging in die Hocke, um es sich genauer anzuschauen.

»Arthur, sieh dir mal die Spuren hier an. Weißt du, was das sein könnte?«

Arthur kauerte sich neben sie. »Irgendein Vogel?«

Molly fuhr einen der Abdrücke mit dem Finger nach. Sie sahen wirklich aus wie Vogelspuren, auch wenn Molly kein Vogel einfallen wollte, der solche Füße hatte. Die Linien waren schwach und spindeldürr, mit einem Klauenabdruck hinten und drei gespreizten Zehen vorne. Papageientaucher vielleicht? Sie erinnerte sich an das Scharren und Kratzen, das sie im Nebel gehört hatte, und ihr lief ein Schauder über den Rücken. Nein, das konnte nicht sein – Papageientaucher hatten Schwimmhäute und nicht so spitze Zehen. Strandläufer? Sicher nicht hier oben auf den Klippen. Möwen?

»Das ist bis jetzt die beste Spur, die wir haben«, unterbrach Arthur ihre Überlegungen. »Führt sie irgendwohin?«

Molly tänzelte vorsichtig um die Abdrücke herum und suchte den Boden ab. »Da!«, rief sie. Dann erstarrte sie. »Sie führt zum Klippenrand …«

Sie holte tief Luft und folgte der Spur. Das war gar nicht so leicht, denn bei jedem Fleck Gras oder nacktem Fels verschwanden die Abdrücke, aber nach kurzer Zeit fand sie immer neue sandige Stellen, an denen der Wind die Fußspuren noch nicht verwischt hatte. Vor ihr schrie Arthur plötzlich auf.

»Hier! Ich hab was gefunden!«

Molly schlug das Herz bis zum Hals, als sie sich vorsichtig einen Weg zu dem Felsvorsprung bahnte, auf dem Arthur stand.

»Keine Angst, wir können nicht runterfallen. Da, schau!« Arthur streckte den Arm aus.

»Ah!« Ihr Cousin hatte recht. Von weiter hinten sah das Kliff so aus, als würde es senkrecht abfallen, aber von hier konnte man deutlich einen Weg erkennen, einen schmalen, gewundenen, gefährlichen Weg, der an der Steilwand entlang nach unten führte.

»Vielleicht ist Jack da runter!«, rief Molly und kletterte auf den Pfad. »Gehen wir den Vogelspuren nach.«

Nach kurzem Zögern folgte Arthur seiner Cousine.

Molly klammerte sich mit einer Hand am Felsen fest, während sie vorsichtig einen Fuß vor der anderen setzte; ihre Finger zitterten.

Nicht runterschauen, ermahnte sie sich selbst. Bloß nicht runterschauen, das ist der Trick.

An einer Stelle schien sich der Weg direkt vor ihr in Luft aufzulösen, und ihr rutschte das Herz in die Hose.

Wenn ich da runterklettere, wie komme ich dann jemals wieder hoch? Bei dem Gedanken krampfte sich ihr Magen zusammen.

Nach einem weiteren zaghaften Schritt sah sie allerdings, dass der Weg nur einen scharfen Knick machte und in einer Felsspalte verschwand. Er war jetzt noch steiler als vorher, und Molly konnte nicht erkennen, wo er endete. Er schien ins Nichts zu führen. Sie schluckte.

Es ist unsere einzige Spur …

Sie schloss kurz die Augen, biss die Zähne zusammen und setzte sich hin. Zentimeter für Zentimeter schob sie sich weiter und spürte, wie der Boden unter ihrem Hintern sich immer stärker neigte.

Plötzlich geriet sie ins Rutschen.

»Arthur! Nicht …«

Mehr brachte sie nicht heraus. Einen Moment lang dachte sie, sie würde geradewegs über den Klippenrand segeln, aber dann prallten ihre Füße gegen harten Stein. Die Rutschfahrt war zu Ende, und nach einer Schrecksekunde rappelte Molly sich mit zittrigen Beinen auf. Langsam und vorsichtig drehte sie sich um.

Da! Links von ihr ging der Weg weiter und wand sich sanft zum Strand hinunter. Molly atmete tief ein und aus und wünschte, ihr Herz würde aufhören, so zu rasen, denn wenn ihr noch schwindeliger würde, kippte sie am Ende einfach um und stürzte unweigerlich von der Klippe.

Hinter sich hörte sie ein »Uff!«.

»Du bist ja doch mitgekommen!« Molly warf ein Lächeln über ihre Schulter. »Ich hab noch versucht, dich zu warnen.«

»Na klar bin ich mitgekommen«, brummte Arthur und

befreite die Rückseite seiner Jeans vom groben Sand. »*Zwei* verlorene Verwandte an einem Tag wären ja wohl schwer zu erklären gewesen. Und außerdem verpasse ich sonst den ganzen Spaß!« Trotzdem: Als er aufstand, zitterten auch ihm die Knie.

Das letzte Wegstück bis zum weichen Sandstrand war so breit und flach, dass sie beinahe rennen konnten. Molly fuhr sich durch das Haar und blickte sich aufgeregt um. »Immer noch kein Jack. Aber schau, da sind wieder diese Spuren!«

Die Flut hatte eben erst eingesetzt, deshalb waren die Klauenabdrücke auf dem feuchten Sand noch deutlich zu erkennen. Seltsamerweise schienen sie zurück zur Felswand zu führen. Molly folgte ihnen im Laufschritt, aus Angst, die Flut könnte ebenso magisch schnell hereinbrechen wie der Nebel und die Abdrücke fortspülen. Arthur war dicht hinter ihr. Am Fuß des Kliffs machte die Spur einen Bogen um einen gewaltigen Felsbrocken herum. Molly blieb abrupt stehen.

»Eine Höhle! Jetzt kommen wir der Sache näher!«

Das sanfte Rauschen der Brandung klang im Inneren der Höhle schaurig laut, und unwillkürlich gingen Molly und Arthur auf Zehenspitzen.

»Das ist ja eigenartig«, flüsterte Arthur. »Das werden immer mehr, sieh mal!«

Und tatsächlich, je weiter sie in die Höhle hineinschlichen, desto mehr von den sonderbaren Abdrücken fanden sie.

Mollys Herz schlug schnell, und sie rief: »Jack!«

Das Echo ihrer Stimme hallte so traurig im klammen Halbdunkel wider, dass Molly ein kalter Schauder über den Rücken lief. Sie beschloss, nicht noch einmal so laut nach ihrem Bruder zu rufen.

Immer weiter schoben sie sich an der Felswand entlang, unter der tropfenden Decke, die mittlerweile so tief hing, dass sie auf allen vieren krabbeln mussten, um sich nicht den Kopf zu stoßen. Bald war der Gang so niedrig, dass Molly sich flach auf den Bauch legte und kriechend weitertastete, und dann endete der Tunnel plötzlich im Sand. Sie hatten die hinterste Ecke der Höhle erreicht und absolut nichts gefunden.

Molly befühlte die Wand.

»Nein«, sagte sie verzweifelt. »Hier geht es nicht weiter. Der Tunnel ist eine Sackgasse!«

»Kann nicht sein.« Während Molly den Rückzug antrat, schob Arthur sich an ihr vorbei und inspizierte seinerseits die Felswand, doch schließlich robbte auch er zurück. Als der Tunnel wieder hoch genug war, um aufrecht zu stehen, schüttelte er den Kopf.

»Ganz unten ist ein kleiner Spalt, aber da passt niemand durch. Ein winziger Vogel vielleicht, aber nichts, was so groß ist wie unser kleiner Zauberer.«

Die Enttäuschung traf Molly wie ein Schlag in den Magen. Sie hatte so sehr gehofft, ihren Bruder zu finden!

»Vielleicht entdecken wir auf der anderen Seite was«, versuchte Arthur sie zu trösten. »Die Höhle ist ziemlich breit, und wir sind ja nur den Spuren nachgelaufen. Womöglich gibt es noch einen zweiten Tunnel, den wir übersehen haben.«

Langsam schritten sie den steinigen Boden ab, durchsuchten jedes Loch im Fels und jeden Spalt in der Wand, aber da war nichts; nirgendwo hätte sich ein kleiner Junge durchzwängen und stecken bleiben können.

»Ich versteh das einfach nicht.« Molly richtete sich auf und ballte die Fäuste.

Arthur zuckte die Achseln. »Sieht aus, als wäre ein kleiner Vogel hier rausgekommen und hoch zum Kliff geflogen, um sich Jack zu schnappen. Aber das kann ja nicht wirklich passiert sein. Das ist unmöglich!«

»Selbst wenn, wo ist Jack dann hin?«, fragte Molly unglücklich. »In der Höhle hier ist er jedenfalls nicht.«

»Und durch eine dieser winzigen Felsspalten hätte er auf keinen Fall gepasst. Nicht bei seinem Appetit!«, bemerkte Arthur. Dann fügte er schnell hinzu: »Tut mir leid. Ich sollte keine Witze machen.«

»Schon okay. Ist mir ehrlich gesagt lieber. Sonst würde ich bloß heulen.« Vorsichtig tastete Molly sich ans Tageslicht, immer noch in der Hoffnung, vielleicht über eine neue Spur zu stolpern.

Nichts.

Die Kinder setzten sich in den Sand und sahen den Wellen zu, wie sie schäumend an den Strand schlugen. Die Sonne stand tiefer, wärmte aber immer noch. Molly legte die Arme auf die Knie und starrte finster aufs Meer hinaus. Jack war jetzt schon seit Stunden verschwunden.

»Lass uns noch mal nachdenken«, sagte sie. »Was genau haben wir heute Morgen gemacht? Wer außer uns hat Jack noch gesehen?«

»Nur meine Eltern und Mason. Und diese seltsame Frau, wie hieß sie noch gleich?«

»Badcrumble«, sagte Molly. »Der Name ist genauso seltsam wie sie.«

»Als wir sie später wiedergetroffen haben, war sie echt komisch, erinnerst du dich?«, sagte Arthur nachdenklich. »So als würde sie jemanden bei uns vermissen, aber dann hat sie behauptet, sie kenne keinen Jack. Ich glaube, mit ihr sollten wir uns als Nächstes unterhalten, was meinst du?«

Molly stimmte zu. »Sie hat gesagt, sie hat ein Museum im Dorf. Das kann nicht schwer zu finden sein. Los, gehen wir!«

»Kinder!« Mollys und Arthurs Anblick schien Miss Badcrumble jedes Mal aufs Neue aus der Fassung zu bringen. »Wie, ähm … nett, dass ihr vorbeischaut!«

Die alte Dame hatte die Museumstür nur einen Spaltbreit geöffnet und guckte dahinter hervor, als hätte sie schreckliche Angst vor dem, was da hereinkommen könnte. Ein paar Locken hatten sich gelöst und standen wild vom Kopf ab, aber von Miss Badcrumbles Gesicht waren nur die schreckgeweiteten Augen deutlich zu erkennen. Molly schob schnell den Fuß zwischen die Tür.

»Wir würden uns wahnsinnig gerne das Museum anschauen«, verkündete sie.

»Genau«, fügte Arthur hinzu. »Sie haben ja gesagt, wir könnten vorbeikommen.«

»Ja. Ja, richtig. Das habe ich.« Mit einem tiefen Seufzer öffnete Miss Badcrumble die Tür so weit, dass die kleine Glocke klingelte. Schnell schlüpften die Kinder hinein, bevor sie ihre Meinung ändern konnte.

»Schaut euch ruhig, äh … gerne um. Möchtet ihr vielleicht ein Glas Milch? Warme Milch?«

Das erinnerte Molly an Mason und sein Tellerchen für die streunenden Katzen, und sie musste trotz allem lächeln. »Gern, vielen Dank!«

Miss Badcrumble rieb die behandschuhten Finger aneinander – »Sie zieht sie nicht mal drinnen aus!«, flüsterte Arthur – und trippelte davon. Molly und Arthur schlenderten zwischen Glasvitrinen und alten gerahmten Fotos umher.

Die Decke war sehr niedrig, was die düstere Atmosphäre des Ortes noch verstärkte. Die Wände waren nackt und unverputzt, und in den Ecken hingen Spinnweben. Jede freie Stelle war mit einem Kuddelmuddel aus Glaskästen und Ausstellungsstücken belegt. Alles wirkte ziemlich heruntergekommen, verblichen und staubig, aber als sie die einzelnen Sachen genauer betrachteten, waren die viel interessanter, als Molly vermutet hätte: Da gab es verwitterte Treibholzstücke, teilweise noch mit Farbspuren oder Lackflecken, die vielleicht von Schiffswracks stammten. In einer Ecke lag ein Haufen Schwimmkugeln aus grünem Glas, in einer anderen standen alte Truhen und Holzkisten mit Eisenbeschlägen. Die Glasvitrinen waren mit allerlei Strandgut vollgestopft: mit rostigen Angelhaken, Teilen von zerbrochenen Schiffsmasten, mit Muscheln, Korallenstücken und so vielen Haifischzähnen, dass sie für mehrere blutrünstige Mäuler ausgereicht hätten. Von der Wand starrten ausgestopfte Seevögel mit mottenzerfressenem Gefieder und glasigen Augen unheilvoll auf sie herab.

»Gibt anscheinend ziemlich viele Volkssagen hier auf der Insel«, flüsterte Molly Arthur zu. Die vielen Staubteilchen in der Luft brachten sie unwillkürlich dazu, leise zu sprechen. »Schau dir die Aquarelle hier an. Irgendein alter Mann hat vor hundert Jahren geschworen, dass er in seinem Garten echte Feen gesehen hat. Und das hier soll der Kamm von einer Meerjungfrau sein.« Sie deutete auf etwas Elfenbeinfarbenes, das mit filigranen Schnitzereien verziert war. Es erinnerte sie ein wenig an ihre Glücksbringersteine.

Arthur rümpfte die Nase, als er die Bilder untersuchte. »Aquarelle, hm? Hatte wohl gerade keinen von diesen alten Fotoapparaten dabei. Sehr praktisch!«

Molly gab ihrem Cousin einen Knuff. »Sei doch nicht immer gleich so misstrauisch. Guck dir diese alten Steinspitzen an. Da steht *Elfengeschosse* dran. Angeblich werden die für Pfeile benutzt, von kleinen Wesen namens« – sie kniff die

Augen zusammen, um die winzigen Schilder zu entziffern –, »namens *Finsterflinks*.« Dann bemerkte sie ein Aquarell, das neben den Feuersteinspitzen lehnte. »Schau! Hier ist ein Bild von einem.«

Das kleine Geschöpf war ein spindeldürres, ungefähr handflächengroßes Ding mit Flügeln. Es trug einen spitzen Speer, der aus einem Zweig gebaut war.

»Na klar«, spöttelte Arthur. »Ich wette, die Viecher sind die totalen Touristenmagneten.«

Molly kicherte. Sie musste zugeben, dass Arthur wirklich witzig sein konnte, und dafür war sie ihm dankbar; es lenkte sie von Jack ab, wenigstens ein bisschen. »Hier steht, dass es auf Ravenstorm früher viel Schmuggelei gab. Strandräuber und Schwarzbrennerei. Und Tabak- und Rumhandel. Guck, die Fischer haben fast nur damit ihr Geld verdient. Das klingt echt spannend!«

»Kann sein. Wenn das nicht alles vor Hunderten von Jahren gewesen wäre.« Arthur stieß einen traurigen Seufzer aus. »Ich schätze mal, seit damals ist hier nichts Aufregendes mehr passiert … Oh, sieh mal, hier steht die Geschichte mit dem Fluch von Schloss Ravenstorm!« Er verdrehte skeptisch die Augen, vertiefte sich dann aber in die ordentliche Handschrift auf den verblassten Schildern. »Der lag nur auf Lord Trevarrens Familie«, berichtete er nach einer Weile und grinste schief. »Na, da bin ich ja beruhigt.«

Porzellangeklapper unterbrach ihre Nachforschungen. Miss Badcrumble war einmal mehr über ihre langen Röcke gestolpert und hätte beinahe das Tablett fallen gelassen, das sie in den Händen hielt. Molly eilte ihr zu Hilfe.

»Vielen Dank, Liebes, das ist sehr freundlich.« Miss Badcrumble schaute überallhin, nur nicht in Mollys Augen. »Gut, Milch. Wunderbar, schön, schön. Mit Muskatnuss.«

Sie stellte das Tablett auf ein kleines Tischchen, das in einer Ecke des Museums zwischen zwei ramponierten Sofas stand. Das einzige Tageslicht kam durch ein winziges Bleiglasfenster. Es war so dunkel, dass neben den beiden Sofas alte Sturmlampen brannten. Wäre von draußen nicht das fröhliche Vogelgezwitscher hereingedrungen, hätte Molly geschworen, es sei eher ein gemütlicher Winterabend als ein warmer Sommernachmittag.

Die beiden Kinder setzten sich zusammen auf ein Sofa, Miss Badcrumble nahm ihnen gegenüber Platz. Sie legte die Hände auf die Knie und trommelte mit den Fingern, so dass die losen Wollfäden an ihren Handschuhen auf und ab flatterten. Abwechselnd schaute sie Molly und Arthur an.

Zumindest scheint sie jetzt nicht mehr solche Angst vor uns zu haben, dachte Molly, während sie an ihrer Teetasse voll Milch nippte.

Miss Badcrumble kaute auf ihrer Lippe herum, bis sie schließlich sagte: »Nun, Kinder, bitte erzählt mir alles über euch. Ihr wohnt auf Schloss Ravenstorm, habt ihr heute Morgen gesagt, nicht wahr? Wie lange bleibt ihr hier?«

»Molly die Ferien über«, antwortete Arthur, »und ich *lebe* jetzt hier, schon vergessen? Ich bin Arthur Wolfrey.«

»Aber ja, natürlich. Ach du liebe Zeit.« Die alte Frau biss in die ausgefranste Spitze eines Handschuhfingers. »Für immer?«

»Zumindest so lange, wie meine Eltern hierbleiben.« Arthur zuckte mit den Schultern. »Also ziemlich lange, wie es aussieht.«

»Herrjemine«, ließ Miss Badcrumble mit trauriger Stimme vernehmen. »Gehört ihr irgendwie zu den Trevarrens?«

»Nö, wir sind nicht mit denen verwandt. Mein Vater hat das Schloss dem letzten Lord Trevarren abgekauft. Er ist Antiquitätenhändler. Also, mein Dad, nicht der Lord. Und Mollys Eltern sind Zauberkünstler!« Der Blick, den Arthur Molly zuwarf, war ziemlich stolz.

Aber Miss Badcrumble schien diese Vorstellung nur noch unglücklicher zu machen, sofern das überhaupt möglich war. »Zauberer«, seufzte sie bekümmert.

Sie stellte ganz schön viele Fragen, fand Molly, und keine davon ergab besonders viel Sinn. »Dürfen wir uns noch ein bisschen umschauen?«, erkundigte sie sich mit fröhlicher Stimme. »Es ist so interessant hier.«

»Das ist schön, äh, schön. Ja, ja, macht das ruhig«, murmelte die alte Frau nervös.

»Gibt es hier auch was über die Höhlen unten am Strand?«

Miss Badcrumble zuckte so heftig zusammen, dass sie fast vom Sofa gefallen wäre. »Nein! Ich meine, also, ich … ich glaube nicht. Nur über die Geologie der Insel. Nicht viel jedenfalls.« Sie stand auf und wedelte vage in Richtung einiger Vitrinen.

Arthur stellte seine Tasse zurück auf das Tablett und schaute mit hochgezogener Augenbraue zu Molly. »Dann sehen wir uns das doch mal an.«

Dieses Mal folgte die alte Frau den Kindern auf Schritt und Tritt, während sie die Ausstellungsstücke unter die Lupe nahmen. Die geologische Karte der Insel war kaum zu gebrauchen, stellten sie enttäuscht fest. Man konnte sie nicht einmal richtig lesen, und Molly gab nach ein paar Minuten auf. Dann fanden sie noch altes Werkzeug aus der Landwirtschaft, das zwar ganz interessant, für ihre Suche nach Jack allerdings bedeutungslos war. Auf der Platte eines Schreibtischs lagen alte Fotoalben, deren Ledereinbände schon rissig und wellig waren, aber Miss Badcrumble erhob keinen Einwand, als Molly anfing, in den brüchigen Büchern zu blättern.

Obwohl sie so vorsichtig war, wie sie nur konnte, schaute die alte Frau ihr die ganze Zeit über die Schulter, und das gefiel ihr ganz und gar nicht. Sie hatte das Gefühl, dass es nicht die Empfindlichkeit der Alben war, die Miss Badcrumble so nervös machte, sondern etwas ganz anderes. Aber sosehr Molly sich auch bemühte, sie konnte in den halb zerbröckelten Sepiafotografien nichts Verdächtiges entdecken. Irgendwann ließ Miss Badcrumble von Molly ab und heftete sich an Arthurs Fersen, der gerade ein paar alte Fischernetze betrachtete.

Auch wenn Molly mit ihren Gedanken gar nicht richtig bei dem Album in ihrer Hand war, stach ihr ein Foto ins Auge. Es war ganz verblasst und klebte in der Mitte der Seite: ein lachendes Mädchen in einem altmodischen Trenchcoat, Söckchen und Lackschuhen, das auf dem Rand eines Brunnens saß. Molly beugte sich vor. Das Gesicht des Mädchens war kaum zu erkennen, so trübe war das alte Foto an dieser Stelle, doch der Rest war noch deutlich und scharf. Es handelte sich um einen verwitterten Ziehbrunnen mit einem kleinen Giebeldach und einer Kurbel für den Eimer.

Ein Bild schoss Molly durch den Kopf: Jack, der in den Brunnen spähte und sich über den Rand lehnte, immer weiter und weiter …

Mit zugeschnürter Kehle richtete sie sich auf. »Miss Badcrumble, was ist das da auf dem Foto?«

»Das … herrjemine … das ist ein Brunnen.« Molly fuhr zusammen, als Miss Badcrumbles Stimme direkt neben ihrem Ohr ertönte.

Was du nicht sagst, dachte sie.

»Ich habe keine Ahnung, wer das Mädchen ist, nicht die geringste!« Mit plötzlicher Entschlossenheit wollte Miss Badcrumble ihr das Album entreißen, doch Molly drehte sich schnell zur Seite, so dass die alte Frau danebengriff.

»Gibt es den Brunnen noch? Steht er hier auf der Insel? Könnte da ein Kind reinfallen?« Mollys Stimme wurde vor Aufregung immer lauter.

Dieses Mal erwischte Miss Badcrumble das Album, zerrte es Molly aus den Händen und schloss es ein bisschen zu energisch für ein so fragiles Buch. Eine Staubwolke stob zwischen den Seiten hervor, während die Alte nervös den Einband tätschelte.

»Herrjemine. Ja. Den Brunnen gibt es noch, glaube ich. Und vielleicht könnte auch ein Kind hineinfallen. Wie gut, dass er auf dem Festland steht, nicht wahr? Genau, auf dem Festland steht er, weit, weit weg! Ihr seid also überhaupt gar nicht in Gefahr!«

Molly starrte die alte Frau an, aber plötzlich stand Arthur neben ihr und zog sie am Ärmel. »Wir müssen los, Molly. Mum und Dad warten bestimmt schon. Auf Wiedersehen, Miss Badcrumble. Danke, dass wir uns hier alles anschauen durften. Es war faszinierend!«

Nach dem muffigen Museum kam ihnen die Luft draußen frischer und sauberer vor denn je. Molly fröstelte. Sie fuhr Arthur wütend an: »Warum hattest du es auf einmal so eilig? Ich wollte gerade –«

»War das nicht offensichtlich? Sie hat gelogen! Weißt du, sie war nicht die Einzige, die dir über die Schulter gelinst hat.«

»Aber wie –«

»Du warst so fixiert auf das Mädchen und den Brunnen, dass dir Schloss Ravenstorm im Hintergrund gar nicht aufgefallen ist. Dieser Brunnen steht sehr wohl auf der Insel«, erklärte Arthur triumphierend.

Molly sah ihn verwirrt an. »Aber warum sollte sie lügen? Außer …«

»Der Brunnen steht irgendwo in unserem Garten!«, rief Arthur, und seine Augen glänzten vor Aufregung. »Und wenn Miss Badcrumble nicht will, dass wir ihn finden, sollten wir da gleich als Nächstes hin.«

6

Der Wald hinter dem Schloss war so verwildert, dass die Kinder nicht einmal mehr die Sonne sahen, nachdem sie sich hineingewagt hatten. Nur ein paar kleine himmelblaue Flecken zwischen den dunklen, verschlungenen Ästen erinnerten Molly daran, dass es noch mitten am Nachmittag war. So düster, wie es hier war, hätte es genauso gut schon Abend sein können.

»Bist du dir sicher, dass wir noch im Garten sind?«, fragte sie Arthur. »Nicht, dass wir uns verlaufen.«

Arthur schüttelte den Kopf. »Nein, wir sind auf jeden Fall noch auf dem Schlossgelände. Schau, hier verläuft die Grenzmauer.« Er zerrte mit beiden Händen den Efeu zur Seite. »Und man sieht den Turm noch.«

Mollys Blick folgte dem ausgestreckten Arm ihres Cousins. Richtig, sie konnte gerade noch den Umriss des Giebeltürmchens erkennen. Aber allzu lange durfte sie nicht nach oben schauen, denn in dem dichten Gewirr aus Wurzeln, Moos und Efeu auf dem Waldboden konnte man leicht stolpern und hinfallen. Überall ragten Äste und Dornen hervor, kratzten an ihrer Haut und zerrten an ihren Kleidern.

Wieder blieb Molly mit dem Fuß an einer krummen

Wurzel hängen. In letzter Sekunde gelang es ihr, sich mit einem Arm abzustützen, sonst wäre sie kopfüber im Dornengestrüpp gelandet.

»Autsch!« Ihre Hand war gegen etwas Hartes geprallt, das sich kälter anfühlte als ein Ast. Während sie sich den schmerzenden Ballen rieb, schob sie vorsichtig eine besonders heimtückische Dornenranke zur Seite und tastete nach dem Hindernis.

»Arthur!«, rief sie. »Hier ist etwas!«

Obwohl das Etwas schon grün von Moos und Flechten und fast vollständig mit Efeu überwachsen war, schien es ihr doch eindeutig etwas von Menschenhand Geschaffenes zu sein: eine gebogene Mauer aus sauber behauenen Steinen. Arthur kam herbeigeeilt, und gemeinsam zerrten sie an den Efeuwurzeln, bis sie die Mauer schließlich richtig sehen konnten.

»Es ist der Brunnen!«, rief Arthur.

Mollys Triumphgefühl schwand schnell wieder. »Ich glaube nicht, dass Jack hier war. Wie hätte er den Brunnen finden sollen? Der muss schon seit Jahren hier drunter versteckt gewesen sein.«

Arthur schüttelte unbeirrt den Kopf. »Und warum wollte Miss Badcrumble uns dann unbedingt von hier fernhalten? Wir dürfen jetzt nicht aufgeben, Molly!«

»Nein, du hast recht.« Molly legte die Hände auf den breiten Brunnenrand und fuhr über den porösen, bröckeligen Stein. Das hübsche alte Giebeldach war verrottet, doch der

Eisenkübel hing noch immer an der rostigen Kette. Nur die Kurbel war festgerostet.

»Vorsicht!«, warnte Arthur. »Der ist bestimmt nicht zugedeckt.«

Molly beugte sich vor und spähte in die Finsternis hinab. Feuchtkalte Luft stieg aus der Tiefe empor und ließ sie frösteln.

»Stimmt.« Molly hatte schon andere alte Brunnen gesehen, aber auf denen hatte immer ein Eisengitter gelegen, damit niemand hineinfallen konnte. Hier sah sie nur Dunkelheit, und ein modriger Geruch nach Feuchtigkeit und Fäulnis entströmte dem Schacht.

Der Gedanke, dass ihr kleiner Bruder vielleicht da unten lag, war Molly unerträglich. »Jack! Jack!«

»Hier. An meinem Schlüssel ist eine kleine Taschenlampe.« Arthur lehnte sich so weit vor, wie er sich traute, und leuchtete nach unten. Doch obwohl der Lichtstrahl hell und stark war, konnten die beiden nichts erkennen – der Brunnen war einfach zu tief. Molly bückte sich und suchte einen Stein, was sie schmerzlich an Jack auf dem Kliff erinnerte, und warf ihn in den Brunnen.

Ein dumpfes, widerhallendes *Klonk*.

»Ziemlich tief«, sagte Arthur besorgt. »Und kein Wasser mehr drin.«

»Ich muss da runter«, rief Molly.

Arthur verdrehte die Augen. »Ich wusste, dass du das jetzt sagst.«

»Wenn Jack da unten ist, verletzt oder …«

»Ich weiß«, sagte Arthur und zuckte resigniert mit den Schultern. »Aber sei vorsichtig! Hier, nimm die Taschenlampe.«

Zuerst dachte Molly, ihr Vorhaben sei aussichtslos, denn die verrostete Kurbel sah völlig unbeweglich aus, doch nach einigem Zerren und Treten gab sie mit einem quietschenden Ruck nach. Der Eimer rutschte einen halben Meter nach unten, stoppte dann jäh und schwang wild hin und her.

Molly blickte Arthur an. »Lass mich nicht fallen!«

Ihr Cousin grinste. »Als würde ich *das* meiner Mutter erklären wollen.«

»Wahrscheinlich vergisst sie, dass es mich überhaupt gab.« Molly lachte mit zitteriger Stimme. »So wie bei Jack.«

Sie waren jetzt wirklich auf sich allein gestellt. Wenn sie Onkel Bill oder Sergeant Garland von dem Brunnen erzählten, würden die ihn sich nicht einmal anschauen, sondern nur wieder wütend werden und ihnen jeden weiteren Ausflug dorthin verbieten. Molly sprach sich selbst Mut zu: Jetzt oder nie, Molly! Los geht's!

Sie holte tief Luft, kletterte mit wackeligen Beinen auf den Eimer und schlang die Finger fest um die Kette. Die fühlte sich nicht besonders stabil an.

Als Arthur sich mit aller Kraft gegen die Kurbel stemmte, setzte der Eimer sich ruckartig in Bewegung. Molly zuckte zusammen und kniff vor Schreck die Augen zu, aber die Kette hielt.

Sei nicht so ein Angsthase! Mach die Augen auf, damit du siehst, was auf dich zukommt, schalt sie sich im Stillen. Der schummerige Lichtkreis über Molly wurde immer kleiner, und Arthurs Gesicht war schon ganz unscharf. Als sie eine Hand ausstreckte und die Finger über die Brunnenwand gleiten ließ, bemerkte sie, dass der Schacht nicht gemauert war. Die Oberfläche fühlte sich glatt und leicht sandig an, ohne Fugen und Mörtel, wie die Klippen und die Höhlenwand. Das hier musste eine natürliche Quelle sein. Bestimmt hatten die Inselbewohner sie vor vielen Jahren entdeckt und den Brunnen darüber gebaut. Und jetzt war sie versiegt. Aber was war dann dort unten?

Molly schloss abermals die Augen und versuchte, nicht daran zu denken, was in der Tiefe auf sie warten würde. Als sie die Augen wieder aufmachte, war alles schwarz. Kein einziger Lichtstrahl drang mehr zu ihr, und sie erschrak, als der Eimer auf den harten Brunnengrund traf. Sie stolperte heraus und schwankte, trotz des festen Bodens unter ihren Füßen. Soviel sie auch blinzelte, sie sah überhaupt nichts. Dafür war der Modergeruch jetzt noch intensiver.

»Okay«, rief sie nach oben. »Ich bin unten.«

Molly hatte erwartet, dass ihre Stimme im Brunnenschacht widerhallen würde, aber stattdessen schien die Dunkelheit sie zu verschlucken, was irgendwie noch schlimmer war. Sie ließ die Eimerkette los und zog Arthurs kleine Taschenlampe hervor. Doch der dünne Lichtstrahl machte die Sache nicht viel besser.

Molly ging in die Hocke und tastete methodisch den Rand des Bodens ab, untersuchte alle Ritzen und Risse mit den Fingerspitzen und der Taschenlampe. Der Brunnen war nicht besonders groß: Um ihn ganz zu erkunden, musste sie nur neben dem Eimer bleiben und sich um die eigene Achse drehen.

Bin ich froh, dass ich hier nicht in völliger Dunkelheit herumtapsen muss, dachte Molly. Ich weiß nicht, ob ich das geschafft hätte.

Eins stand schnell fest: Jack war nicht hier unten. Molly wusste nicht, ob sie enttäuscht oder wahnsinnig erleichtert sein sollte.

Dann, gerade als sie wieder aufstehen wollte, hörte sie ein Trippeln.

Molly stockte der Atem. Es klang wie eine Ratte. Oder eine Riesenspinne!

Sie unterdrückte ein Kreischen und schluckte. Ein kalter Schauder lief ihr über den Rücken, als sie die Taschenlampe auf die Quelle des Geräuschs richtete, aber da war weder eine Ratte noch eine Spinne, sondern nur ein Loch ganz unten in der Brunnenwand.

Molly kauerte sich davor und leuchtete hinein. Sie konnte nicht erkennen, wo es aufhörte; es musste recht tief sein. Wahrscheinlich ein Tierbau, dachte Molly und gruselte sich. Die Öffnung war groß genug für ihren Arm, aber den würde sie da ganz bestimmt nicht hineinstecken, nicht, wenn hier riesige Spinnen herumflitzten. Und für Jack war das Loch auf jeden Fall zu klein, so viel war sicher.

Molly seufzte verzweifelt. Es war dumm gewesen zu glauben, dass Jack vielleicht hier war, wo doch offensichtlich seit Ewigkeiten niemand mehr auch nur in die Nähe des Brunnens gekommen war. Sie stand auf und griff nach der Eimerkette.

Plötzlich raschelte es neben ihren Füßen. Mit klopfendem Herzen schwang Molly den Eimer beiseite und leuchtete auf den Boden.

Sie schnappte nach Luft. Da lagen Laub und vertrocknete Zweige und etwas, das sie bislang für ein Häufchen Müll gehalten hatte. Aber es war kein Müll, ganz im Gegenteil! Molly bückte sich, um es sich genauer anzusehen.

Sie hob eines der viereckigen Blätter auf und richtete die Taschenlampe auf die glänzende Oberfläche. Es handelte sich um ein Foto von einem Kind – einem Mädchen mit langen lockigen Haaren. Molly legte es zur Seite, nahm das nächste Foto in die Hand – ein kleiner Junge, ungefähr sieben, auf einer Parkbank – und drehte es um.

Die Schrift war ein bisschen krakelig und mit Tintenklecksen gesprenkelt. *Paul Horton, Strand* stand da. Das war merkwürdig, denn die Ortsangabe passte gar nicht zum Motiv. Molly ließ das Foto fallen, sammelte die nächsten auf und las die Namen.

Jamie Chalmers.

Chloe und Tamsin King. Die beiden sahen aus wie Zwillinge, nicht älter als zehn Jahre.

Liam Stillwater. Christopher Williams. Millie Thompson.

Mollys Hand zitterte, als sie die Fotos wieder auf den Boden legte. Wenn es auf der Insel keine Kinder gab, wer zum Teufel waren die dann alle? Sie griff nach einem weiteren Bild, da streiften ihre Finger etwas anderes, etwas Dickes, Weiches, etwas, das sie erst vor kurzem schon einmal berührt hatte.

Molly nahm es und hielt es in den Lichtstrahl der Taschenlampe. Ihr entschlüpfte ein Schrei.

Jacks Handschuh. Das war Jacks zweiter Handschuh!

Oder war es der erste, der ihr aus der Tasche gefallen war? Nein … sie hatte doch den rechten, oder? Das hier war der linke. Gerade als Molly nachschauen wollte, fiel ihr wieder ein, dass sie den Fäustling im Schloss gelassen hatte, in Arthurs Zimmer. Sie sah ihn klar und deutlich vor ihrem geistigen Auge auf dem Nachttisch liegen. Nein, das hier war der zweite Handschuh, ganz sicher!

Aber irgendetwas an dem Handschuh war komisch. Als sie ihn näher an die Lampe hielt, sah sie, dass etwas daraufgekritzelt war, mit schwarzglänzender Tinte: Jack Cornell, Kliff.

»Ich hab schon gedacht, dir ist was passiert!« Arthur war ganz blass um die Nase, als er Molly half, vom Eimer auf den Brunnenrand zu klettern. Sie konnte nur eine Hand benutzen; die andere umklammerte Jacks Fäustling und die Fotos, die sie zusammengerafft hatte, bevor sie Arthur zurief, er solle den Eimer nach oben ziehen.

»Hier! Guck dir die Fotos an. Und Jacks zweiten Handschuh!«, rief sie aufgeregt.

Arthur nahm ihr die Bilder ab und blätterte sie vorsichtig durch, während Molly Erde und Moosstückchen von ihren Kleidern klopfte.

»Was zum Teufel …?«, murmelte er. »Wer hat die alle gesammelt? Und warum? Und was machen sie da unten im Brunnen?«

Molly nahm die Fotos eins nach dem anderen wieder entgegen und betrachtete sie im Dämmerlicht des Waldes. Bei einem runzelte sie die Stirn. »Dieses Mädchen da, das mit den Locken, das kenne ich irgendwoher. Die Namen stehen auf der Rückseite!«

Arthur schaute Molly über die Schulter, als sie das Foto umdrehte. »*Jodie Ricks, Schloss*. Der Name sagt mir nichts.«

»Mir auch nicht. Aber ich bin mir sicher, dass ich sie schon einmal gesehen habe. Nur wo? Dass es auf Ravenstorm keine Kinder gibt, haben wir ja jetzt oft genug gehört.«

Arthur rieb sich die Arme. Er schien zu frösteln. »Lass uns zurückgehen.« Er sah sich um. Jetzt, wo es langsam dunkel wurde, wirkte der Wald noch unheimlicher. »Da können wir uns die Fotos in Ruhe anschauen und gründlich über alles nachdenken. Ich mag diesen Ort hier nicht.«

Molly nickte. Sie kämpften sich durch das Dickicht aus Dornen und Ranken, bis sie mit einem Seufzer der Erleichterung endlich aus dem Wald herausstolperten. Molly hielt noch immer Jacks Fäustling umklammert.

»Wir könnten Mason fragen«, schlug Arthur zögernd vor. »Der kennt bestimmt alle Kinder, die hier früher mal gelebt haben. Der wohnt ja anscheinend schon ewig hier.«

»Warte!« Molly war wie angewurzelt stehen geblieben und spähte über das hohe Gras.

»Was ist?«

»*Da* habe ich Jodie Ricks schon mal gesehen!« Molly streckte den Arm aus. »Es gibt eine Statue von ihr, auf eurem Grundstück! Hinten auf dem Bild stand *Schloss*, oder? Wie in *Schloss Ravenstorm*! Das beschreibt, wo die Statuen der Kinder sind.«

Arthur schaute ungläubig über die Wiese, dann riss er Molly die Fotos aus der Hand. Er ging sie langsam durch und betrachtete jedes einzelne genau. »Du hast recht! Das sind Statuen von echten Kindern.« Er hielt Molly ein anderes Foto vor die Nase. »Hier ist der Junge!«

Tatsächlich. Jamie Chalmers war der Junge neben Jodies Statue. Auf dem Foto hatte er genau dasselbe Jo-Jo in der Hand, nur ordentlich aufgewickelt, bereit zum Loslassen.

Ein dumpfes, flaues Gefühl breitete sich in Mollys Magengegend aus. »Sind das Statuen?«, flüsterte sie. »Oder versteinerte Kinder?«

Sie dachte, ihr Cousin würde sie auslachen. Eigentlich hoffte sie es sogar. Aber Arthur stand nur still da, kalkweiß im Gesicht.

»Sie sehen so lebendig aus«, sagte er tonlos. »O nein, nein! Versteinerte Kinder? Kann das wirklich sein?«

Molly zitterte. »Kann es sein, dass man einen Bruder hat, den alle vergessen?«

Jetzt blätterte Arthur die Bilder hektisch durch, und sein Gesicht wurde noch blasser. »*Melody Garland.* Und hier, Molly, *Piero Rizzo!* Der Name ist bestimmt nicht weit verbreitet auf Ravenstorm. Der Junge muss mit den Leuten aus dem Café verwandt sein. Aber warum sollten die dann behaupten, dass es hier keine Kinder gibt?«

»Vielleicht, weil sie ihn vergessen haben«, flüsterte Molly.

»Miss Badcrumble!«, stieß Arthur zwischen den Zähnen hervor. »Was hat sie bloß getan?«

Molly schluckte. »Die Sonne geht unter. Meinst du, wir können … haben wir noch Zeit …?«

»Wir schauen nach«, entschied Arthur. Sie rannten zurück über die Wiese und hinauf zum Kliff.

Bitte lass ihn nicht dort sein, betete Molly. Ich weiß, dass ich ihn unbedingt finden wollte, aber bitte lass ihn nicht dort sein …

Schlitternd und stolpernd kam sie auf dem grobkörnigen Sand zum Stehen. Arthur hielt keuchend neben ihr. Auf dem Klippenrand stand etwas, das vorher noch nicht da gewesen war: eine Gestalt, starr wie Stein, klein, traurig und einsam …

Molly konnte ihren entsetzten Blick nicht abwenden, als sie zitternd näher schlich. Die Gestalt hatte die Form eines kleinen Jungen, so viel konnte sie bereits erkennen.

»Nein!«, schrie sie. Heiße Tränen liefen ihr über die Wangen. Sie stürzte zu der Statue und rannte um sie herum, um ihr Gesicht zu sehen.

Jack. Es war ihr kleiner Bruder, perfekt in grauen Stein gehauen. Um seine Mundwinkel war ein verschmitztes Lächeln, seine Haare standen stachelig und zerzaust vom Kopf ab, und man konnte fast noch das eifrige Glitzern in seinen Augen erkennen. Sein Arm war nach vorne gestreckt, als hätte er gerade in diesem Augenblick einen Stein in Richtung Kliff geschleudert.

»O Jack!« Molly schlang verzweifelt die Arme um den kalten, steifen Körper und hielt ihn ganz fest.

»Molly! Molly, das hat doch keinen Zweck.« Arthur zerrte an ihrem Arm. Nur widerwillig ließ Molly den reglosen Jungen los und taumelte zurück.

»Ich bring das in Ordnung, Jack.« Molly schniefte und wischte sich den Rotz von der Nase. »Ich krieg dich wieder hin, keine Angst. Ich komme bald zurück.«

»Wir kümmern uns drum, kleiner Zauberer.« Arthur strich der steinernen Statue über das Haar. »Aber jetzt wird es dunkel, und wir können nicht zulassen, dass deiner Schwester auch noch was passiert!«

Molly nickte und fuhr sich erneut über das Gesicht. »Hier!« Sie wühlte in ihrer Tasche und holte Jacks Fäustling heraus. Behutsam zog sie ihn über die Steinhand und drückte sie.

»Tschüs, Jack! Bis ganz bald.«

Wie betäubt liefen sie zurück zum Schloss, während die

Dunkelheit hereinbrach. Egal, wie oft sie das Ganze durchsprachen, egal, was für irrwitzige Ideen sie hatten, ihnen fiel nichts ein, was Jack zurückbringen könnte.

»Meinst du, wir sollten deine Eltern noch mal fragen?« Mollys Stimme klang hoffnungslos.

Arthur schüttelte den Kopf. »Es ist, wie wir gesagt haben: Wir sind auf uns allein gestellt.« Er stieg die Steintreppe hinauf und schob die schwere Eingangstür auf. »Komm, lass uns drinnen weiter überlegen. Mit einem heißen Kakao im Bauch denkt es sich besser. Mum? Dad?«, rief er. »Wir sind wieder da!«

Keine Antwort. Molly runzelte die Stirn, während sie Arthur in Richtung Küche folgte. »Sieht nicht so aus, als wären sie zu Hause. Du glaubst doch nicht –«

»Nein!«, unterbrach Arthur sie ein wenig zu hastig. »Sag das nicht! Bis jetzt sind hier doch nur Kinder verschwunden.«

»Ich traue Miss Badcrumble alles zu«, sagte Molly düster.

Als sie die Küche betraten, lehnte ein gefalteter Zettel am Milchkännchen auf dem Tisch. Arthur las ihn, während sie sich auf ihre Stühle fallen ließen.

»Oh!«, stieß er atemlos hervor. »Die Wehen haben eingesetzt. Sie sind aufs Festland geflogen, ins Krankenhaus.«

Molly bekam große Augen. »Oh, wow! Wow!« Einen schmerzlichen Moment lang dachte sie an die Nacht zurück, als ihre eigenen Eltern sie bei den netten Nachbarn abgegeben hatten, ins Krankenhaus gerast und mit einem kleinen Bruder für sie zurückgekommen waren.

Nein, denk jetzt nicht an Jack! Obwohl sie mit den Tränen kämpfte, strahlte sie Arthur an. »Das ist toll! Dann wird das Baby ja bald da sein«, rief sie.

»Ja, ist das nicht … Was war das?«

Beide verstummten.

»Hast du was gehört?« Mollys Herz klopfte heftig, und sie und Arthur sahen sich erschrocken an.

Wir sind auf uns allein gestellt, dachte sie. Und es ist niemand da, um uns zu helfen.

»Da war ein Kratzen. An der Hintertür.« Ängstlich fixierte Arthur die alte Küchentür, die so viel kleiner und zerbrechlicher wirkte als die massive Eingangstür. Er stand auf. »Vielleicht sollten wir …«

Die Tür verriegeln, in die Bibliothek rennen und uns verstecken, wollte Molly gerade ergänzen, aber noch bevor sie einen Ton herausbrachte, flog die Tür krachend auf und Miss Badcrumble stand vor ihnen, den Mond im Rücken.

Sie hatte die Arme über den Kopf gehoben. Ihr Haar war noch wilder als sonst, wie ein silbriger Heiligenschein, und ihre Augen funkelten bedrohlich. Molly hörte, wie Arthur ebenfalls der Atem stockte. Alles schien plötzlich dunkler zu werden, und in der Luft lag ein Knistern, als würde gleich eine gewaltige Macht entfesselt werden.

Molly war erstarrt vor Angst. Die Gestalt bannte sie mit ihrem Blick und kam langsam näher.

Bewegt euch! Na los, bewegt euch!, befahl Molly ihren Beinen verzweifelt, doch die waren wie gelähmt. Endlich schaffte sie es, sich hochzurappeln und ein paar Schritte rückwärts zu taumeln. Arthur folgte ihr. »Was haben Sie mit Jack gemacht?«, hörte sie sich mit bebender Stimme rufen.

Miss Badcrumble antwortete nicht. Sie starrte Molly nur an und streifte langsam ihre seltsamen zerlumpten Handschuhe ab. An den Fingerspitzen verhakten sie sich, doch als sie sie endlich ausgezogen hatte, schrien Molly und Arthur erschrocken auf.

Ihre Hände sahen überhaupt nicht aus wie Hände! Eher wie Vogelfüße, lang und spindeldürr mit nur drei Fingern und Krallen an den Spitzen.

»Es tut mir leid«, rief Miss Badcrumble mit zitternder Stimme, während der Wind um sie herum zu heulen begann, an ihren Haaren zerrte und ihre Rocksäume flattern ließ. »Aber es ist nur zu eurem Besten!«

Als sie die Arme wieder hob, blitzte Licht aus ihren langen, scharfen Krallen und blendete Molly, die stolpernd zurückwich. Arthur umklammerte die Tischkante und versuchte, das Gleichgewicht zu halten. Der Wind wurde noch stärker, ein wirbelnder Tornado rund um Miss Badcrumble, und das Licht war so hell, dass man nicht hineinschauen konnte. Stattdessen schaute Molly nach unten und sah entsetzt, wie der zerlumpte Flickenrock hochgeweht wurde und zum ersten Mal die Füße der alten Frau enthüllte: lange, dreizehige Vogelklauen.

Die Fußabdrücke, schoss es Molly durch den Kopf. Die Spuren am Strand. Die haben genauso ausgesehen!

»Cuimhne! Cuimhne! Truis!«

Molly verstand die Worte nicht, aber Miss Badcrumble rief sie wieder und wieder. Der Sprechgesang jagte Molly kalte Schauder über den Rücken und stellte jedes einzelne Haar an ihrem Körper auf. Als sie wie Arthur nach der Tischkante griff, trafen sich ihre panischen Blicke inmitten des Chaos und des wild brüllenden Windes. Miss Badcrumbles Zauberspruch schien von überall her Echos zu werfen. Es war schrecklich. Und sie konnten nichts dagegen tun.

Das war's, dachte Molly, während sie erstarrt ihre Hände betrachtete und darauf wartete, dass sie steif und kalt und hart wurden.

Jetzt werden wir auch in Stein verwandelt …

7

Der Wind flaute ab, und Stille legte sich so schwer über sie wie ein nasses Tuch.

Ich bin versteinert, dachte Molly und hielt die Augen fest zugekniffen. Wie wir wohl aussehen? Und wie wird es sich gleich anfühlen, wenn der Schock vorbei ist?

Sie blinzelte. Konnten Steinlider blinzeln?

Und wo sie schon dabei war: Sie war sich wirklich nicht sicher, ob ein Steinherz in einer Steinbrust so heftig pochen konnte …

Als Molly sich endlich traute, die Augen aufzuschlagen, sah sie Arthur, der sie anschaute. Arthur – den leibhaftigen Arthur, keine Statue von ihm. Sie keuchten beide vor Angst. Langsam ließen sie die Tischkante los und drehten sich gleichzeitig um zu Miss Badcrumble.

Die schien gar nicht enttäuscht zu sein, dass ihr Zauber nicht gewirkt hatte. Sie hatte die Spindelhände gefaltet und blickte die beiden Kinder erwartungsvoll an. Nach einer kleinen Weile kratzte sie sich mit einer ihrer Vogelkrallen am Ohr.

»Was zur Hölle tun Sie da?«, fragte Arthur. Plötzlich wirkte er überhaupt nicht mehr ängstlich, sondern einfach nur stinksauer. »Was haben Sie mit uns vor? Und was haben Sie mit den anderen Kindern gemacht?«

Jetzt war Miss Badcrumble an der Reihe zu erstarren, und ihre Knopfaugen weiteten sich vor Schreck. Dann schlug sie die Klauenhände vors Gesicht, warf sich auf einen Stuhl und brach in Tränen aus.

»Ich verstehe das nicht! Warum erinnert ihr euch immer noch an die Kinder? Warum habt ihr sie nicht vergessen? Ach herrje, ach herrjemine!« Heftige, herzzerreißende Schluchzer erschütterten ihren mageren Körper.

Unglaublich, dachte Molly und schaute die alte Frau mit offenem Mund an. Es gibt wirklich echte Magie, und die Person, die sie beherrscht, sitzt gerade in Arthurs Küche und heult!

»Sie sind eine Hexe!« Molly versuchte, die jämmerlichen Tränen der Alten, so gut es ging, zu ignorieren. Wenn Miss Badcrumble tatsächlich eine Hexe war, dann war sie auf alle Fälle die traurigste, die Molly je gesehen hatte. Nicht, dass ihr schon besonders viele Hexen begegnet wären. Vielleicht ein oder zwei leicht schwermütige Zauberer, das war's.

»Nein, bin ich nicht«, schluchzte die alte Frau. »Ich bin keine Hexe.«

»Na, dafür war ihr Auftritt eben aber ziemlich gut«, blaffte Arthur.

Miss Badcrumble wischte sich die Tränen aus den Augen und richtete sich auf, als wollte sie ihre Würde zurückgewinnen. »Ich bin eine *Finsterflink*.«

Molly und Arthur starrten erst sie, dann einander an.

»Sie sind eine *was*?«, fragte Arthur. Er musterte Miss Badcrumble von oben bis unten. »Das glaube ich Ihnen nicht.«

»Aber es stimmt! Wirklich!«

»Sie sehen völlig anders aus als das Bild im Museum.« Arthurs Augen verengten sich. »Sie sind viel zu groß. Und wo sind Ihre Flügel, hm? Sagen Sie uns sofort die Wahrheit!«

»Das ist die Wahrheit, ich schwöre es euch!« Miss Badcrumble warf Molly einen flehenden Blick zu. »Ich wurde als Finsterflink geboren. Aber dann haben sie mich gegen ein Menschenbaby ausgetauscht, und ich bin bei einer Menschenfamilie aufgewachsen.« Miss Badcrumble zog ein riesiges, ziemlich schmuddeliges Taschentuch hervor und schnaubte lautstark hinein. »Nur deswegen bin ich so groß. Ich bin einfach immer weitergewachsen. Es war schrecklich, aber ich konnte es nicht aufhalten.« Und wieder brach sie in ein hicksendes Schluchzen aus.

Molly schnitt eine Grimasse und zuckte hilflos mit den Achseln. »Das ist vermutlich auch nicht unwahrscheinlicher als diese Hexensache«, sagte sie zu Arthur. »Aber wenn Sie bei Menschen aufgewachsen sind, Miss Badcrumble, warum nehmen Sie ihnen dann die Kinder weg und versteinern sie? Wie können Sie so etwas nur tun?«

Miss Badcrumble hörte auf zu weinen, und ihre Kinnlade klappte herunter. »Oh! Aber Liebes, das war ich nicht. So was würde ich nie tun! Das sind die anderen Finsterflinks.«

»Die anderen?« Arthur ließ sich zurück auf seinen Stuhl plumpsen.

»Die anderen Flinks hier auf der Insel. Es hat vor ein paar Monaten begonnen: Sie fangen alle Menschenkinder und verwandeln sie in Statuen. Das ist grässlich, grässlich, aber ich kann es nicht ändern, ich kann nichts tun, um den Kindern zu helfen.«

Arthur sprang wieder auf und lief aufgeregt hin und her. »Wenn das wirklich stimmt, was Sie uns da erzählen – was hatten Sie dann eben mit uns vor?«

Miss Badcrumble sackte wieder in sich zusammen, das Kinn trostlos auf die Hände gestützt. Das Taschentuch zwischen ihren Vogelfingern glich mittlerweile einem nassen Putzlumpen. »Ihr versteht das nicht. Die Eltern der versteinerten Kinder waren alle so unglücklich. Das konnte ich nicht mit ansehen. Sie hatten Angst und waren traurig, und ich wollte ihnen helfen, versteht ihr? Deshalb habe ich sie mit einem Zauber belegt, der bewirkt, dass sie ihre Kinder vergessen.«

»Ach, Miss Badcrumble.« Molly setzte sich kopfschüttelnd zu der alten Dame und legte ihr tröstend die Hand auf den Arm. »Sie haben es bestimmt nur gut gemeint, aber jetzt kann niemand den Kindern helfen. Und mein kleiner Bruder ist auch versteinert!«

»Natürlich wollte ich nicht, dass sie ganz in Vergessenheit geraten, nein, nein.« Miss Badcrumble schaute Molly bittend an. »Deswegen habe ich die Fotos aufgehoben, unten im alten Brunnen. Ich konnte sie nicht bei mir zu Hause oder im Museum lassen, sonst hätte sie am Ende noch jemand entdeckt, also habe ich sie versteckt. Ich hätte nie gedacht, dass sie da jemand findet.« Sie wrang ihr nasses Taschentuch aus. »Nur vom kleinen Jack hatte ich kein Foto, also habe ich seinen Handschuh genommen. Wisst ihr, *ich* erinnere mich noch an alle ihre Namen, und ich weiß auch, wo ihre Statuen sind.«

Molly stand auf, und ihr Stuhl scharrte über den Küchenboden. »Was sollen wir jetzt tun? Der arme Jack!«

Ihr Blick fiel auf Arthur, der still dasaß, mit zitternden Händen den Zettel seiner Mutter umklammerte und ihn wieder und wieder las, Panik in den Augen.

»O nein«, sagte Molly leise. »Das Baby! Deine Mum und dein Dad werden mit ihm hierherkommen!«

Arthur hob den Kopf. »Genau. Sie wissen ja nicht, in was für eine Gefahr sie es damit bringen! Dann verwandeln die Finsterflinks das Kleine in Stein, und sie werden sich nicht einmal daran erinnern. O Molly!«

Molly drückte Arthurs Hand. »Das lassen wir nicht zu. Wir finden einen Weg, den Zauber zu brechen. Miss Badcrumble, warum sind Arthur und ich nicht verwandelt worden?«

Miss Badcrumble kämpfte mit den langen Wollfingern ihrer Handschuhe und mühte sich vergeblich ab, sie wieder über ihre Klauen zu ziehen. »Ich weiß es nicht. Ich habe wirklich keine Ahnung, tut mir leid. Vielleicht hat es was damit zu tun, dass ihr im Schloss wohnt? Wisst ihr, dieser Ort ist voll von seltsamer alter Magie.«

»Aber Jack hat auch hier gewohnt, und ihn haben sie trotzdem erwischt«, grübelte Arthur.

»Ah!« Mollys Miene hellte sich auf. »Die Steine! Die Talismane, die Mason uns gegeben hat, weißt du noch?«

»Ja! Auf dem Kliff hast du gemeint, Jack hätte seinen nicht wegwerfen sollen. Was, wenn du recht hattest?«

»Ich hab eigentlich nur wild drauflosgeraten, aber es ergibt Sinn. Auf den Steinen waren kleine Raben, und Mason wollte unbedingt, dass wir sie immer dabeihaben. Und dann hat Jack seinen in den Nebel geschleudert.«

»Wie viel weiß Mason?« Arthurs Augen verengten sich wieder. »Bestimmt hat er etwas mit der ganzen Sache zu tun.«

»Aber mit den Talismanen wollte er uns doch beschützen!«

»Da wäre ich mir nicht so sicher«, warf Miss Badcrumble ein, während sie verzweifelt an ihren Handschuhen zerrte. »Immerhin scheint er sich ja mit Zauberei auszukennen.«

Molly schwirrte der Kopf. »Ach, ich weiß nicht. Er ist doch bestimmt auf unserer Seite. Oder etwa nicht?«

»Und wo steckt er dann gerade?«, fragte Arthur misstrauisch.

Die drei sahen sich an.

»Gute Frage«, murmelte Molly.

»Wäre nicht jeder normale Butler mittlerweile angerannt gekommen?« Arthur beäugte argwöhnisch die Tür, die zur Halle führte. »Miss Badcrumble hier hat einen Riesenradau veranstaltet, als sie gekommen ist. Und er sollte eigentlich auf uns aufpassen, solange Mum und Dad nicht da sind. Überhaupt, der weiß sicher alles, was in diesem Haus vor sich geht, darauf wette ich.«

Sie saßen eine Weile schweigend da, jeder in seine eigenen Gedanken vertieft. Ein Windstoß ließ die dünnen Vorhänge über der Spüle sanft flattern, und Arthur stand auf, um das Fenster zu schließen.

Molly seufzte. »Miss Badcrumble, warum verwandeln Sie die Statuen nicht einfach wieder zurück? Sie können doch zaubern, gibt es denn keinen … keine Ahnung … Reparaturzauber oder so was?«

Miss Badcrumble schüttelte traurig den Kopf. »Leider nicht. Ich habe es schon versucht, aber man kann andere Zauber nicht einfach rückgängig machen. So funktioniert das mit der Magie nicht.«

»Können Sie nicht wenigstens mit den Finsterflinks reden?«

Miss Badcrumble hatte es endlich geschafft, ihre Finger zurück in die Handschuhe zu stopfen, und trommelte nun auf dem Tisch herum, was die losen Wollfäden erneut zum Flattern brachte. »Nein. Ich kann nicht zurück in die Flinkwelt, versteht ihr? Aber du hast recht: Der Zauber kann nur gebrochen werden, wenn man die Flinks darum bittet.«

»Na, und warum machen wir das dann nicht einfach?«, fragte Molly.

»Oh, den Finsterflinks sollt ihr lieber nicht zu nahe kommen, glaubt mir«, sagte Miss Badcrumble mit zitteriger Stimme. »Und außerdem sind sie ohnehin fast nie hier oben. Sie besuchen die Menschenwelt nicht einfach so. Irgendein Ärgernis muss sie dazu gezwungen haben.«

Molly überlegte kurz. »Also, wenn das der einzige Weg ist, den Zauber zu brechen, müssen wir erst einmal herausfinden, was die Flinks so wütend gemacht hat, und es in Ordnung bringen«, sagte sie.

»Das ist es, Liebes, ganz genau!« Trotzdem war Miss Badcrumbles Miene kläglich. »Aber wie wollt ihr einen fangen, den ihr fragen könnt? Wie wollt ihr überhaupt einen finden? Die sind heimtückisch, die Flinks, wisst ihr, und klitzeklein.« Ihr Gesicht wurde noch länger. »Normalerweise zumindest.«

Arthur hatte den Zettel von seiner Mutter so oft geknickt, bis er nur noch ein kleiner Würfel war, doch jetzt faltete er ihn wieder auseinander. Das Schweigen zog sich in die Länge, während die Kinder sich die Köpfe zerbrachen und Miss Badcrumble sich hektisch die Lippen befeuchtete und unbehaglich auf ihrem Stuhl herumrutschte.

»Ihr hättet nicht zufällig ein Glas Milch, das ihr für mich aufwärmen könntet?«, fragte sie schließlich zögerlich. »Zaubern macht mich immer so schrecklich durstig.«

Arthur hob nachdenklich eine Augenbraue. »Mir ist aufgefallen, wie gern Sie warme Milch trinken, Miss Badcrumble.«

»Schrecklich gern. Und …«

Arthur runzelte die Stirn. »Ich frage mich, für wen Mason dieses Milchtellerchen rausgestellt hat. Tatsächlich für die Katzen?«

»Ah! Warum ist mir das nicht eingefallen? Ganz recht, Finsterflinks lieben Milch.« Miss Badcrumble klatschte in die Hände, wodurch sich die Wollfäden an ihren Handschuhen wieder einmal verhedderten. »Ihr könntet welche warm machen, so mögen wir Flinks sie am liebsten. Mit Muskatnuss! Das lockt bestimmt einen an. Und dann …« Ihr fiel nichts mehr ein, weshalb sie ihren Satz mit einem ziemlich lahmen Schulterzucken beendete.

»Und dann bitten wir ihn um Hilfe«, stellte Molly entschieden klar. »Gute Idee, Arthur. Dann machen wir mal heiße Milch. Sie bekommen natürlich auch welche, Miss Badcrumble.«

»Aber mit Muskat bitte, nicht vergessen!«, rief die alte Flink, während die Kinder im Kühlschrank kramten.

»Sie könnten auch mal mit anpacken«, sagte Arthur und warf ihr einen strengen Blick über die Schulter zu. »Echt jetzt. Sie schulden uns was.«

»Ich kann nicht.« Miss Badcrumble pulte peinlich berührt an ihren Handschuhen herum. »Ich bin allergisch.«

»Gegen Milch? Wohl kaum!«

»Nein, gegen Eisen. Und der Herd ist aus Eisen.«

»Ach, und wie zur Hölle kochen Sie zu Hause?«, fragte Arthur entnervt.

»In einem Kupferkessel natürlich.« Jetzt klang die alte

Frau ziemlich ungehalten. »Alle Finsterflinks sind allergisch gegen Eisen.«

»Was sie nicht sagt«, raunte Molly Arthur zu. »Ich fasse es nicht, dass wir gerade Milch für ein Fabelwesen warm machen. Hier, nimm den Topf. Und dreh besser die Hitze runter, sonst brennt die Milch noch an!«

Nach ein paar Minuten tauchte Molly einen Finger in die dampfende Flüssigkeit, um die Temperatur zu überprüfen.

»Die ist gut. Gib mir mal den Unterteller da – ach, und die Tasse.«

Miss Badcrumble tat ihr leid, also schenkte sie ihr zuerst ein und streute Muskatnuss über die heiße Milch. Die alte Frau nahm die Tasse begierig entgegen und schlürfte laut und glücklich.

Molly wechselte einen Blick mit Arthur. »Das hier könnte sogar funktionieren«, sagte sie mit einem hoffnungsvollen Lächeln. »Es ist zumindest der erste richtige Plan, den wir haben. Und an echte Magie glaube ich jetzt auf jeden Fall.«

»Ich auch«, gab Arthur zu. »Und es tut mir leid, dass ich so lange dafür gebraucht habe.«

»Ach, ich vermute, ich war mir vorher selbst nicht wirklich sicher«, sagte Molly. »Aber trotz allem bin ich irgendwie froh, dass es noch eine andere Art von Magie gibt, nicht nur die Tricks, die meine Eltern machen.«

»Ich auch.« Arthurs Augen funkelten aufgeregt.

»Miss Badcrumble? Sie bleiben besser hier. Sonst erkennen die Flinks Sie womöglich noch und merken, dass wir etwas vorhaben.«

Während die alte Frau selig nickte und sich den Milchbart von der Oberlippe leckte, lief Molly zur Hintertür.

Nach der hellen Küche kam ihnen die Nacht draußen besonders dunkel vor. Arthur suchte nach dem Schalter für die Außenleuchte, aber Molly legte ihm die Hand auf den Arm.

»Nicht! Wir wollen die Flinks doch nicht erschrecken«, flüsterte sie. »Oder sie warnen, dass das eine Falle ist.«

»Stimmt«, murmelte Arthur. Also blieben sie ruhig stehen, bis ihre Augen sich an die Dunkelheit gewöhnt hatten.

»Wohin am besten mit der Untertasse, was meinst du?« Molly tastete sich vorsichtig die Treppe zum Garten hinunter. Links neben der Küchentür standen dichte Dornensträucher. »Hier? Das wäre ein gutes Versteck, oder? Selbst ein klitzekleiner Flink würde sich da sicher fühlen.«

»Zu sicher!«, wandte Arthur ein. »Bei den vielen Dornen kriegen wir ihn nicht zu fassen. Was ist mit den Steinen hier neben dem Fußabstreifer?«

Molly schüttelte den Kopf. »Eisen, schon vergessen? Kein Flink würde sich in die Nähe des Fußabstreifers trauen. Ah!« Ihre Augen leuchteten auf. »Da, das Kräuterbeet. Wenn du den Teller unter den Rosmarinstrauch stellst, können wir uns hinter der Hecke verstecken. Dann sind wir nah genug dran, um ihn zu kriegen, glaube ich.«

»Genial!« Arthur schlich zum Beet und platzierte das Tellerchen vorsichtig auf der weichen Erde. »Jetzt müssen wir nur noch warten.«

Die Kinder kauerten sich hinter die sorgfältig gestutzte Buchsbaumhecke, die den Kräutergarten umgab. Molly gähnte. Hoffentlich würde das Ganze nicht ewig dauern, denn sie war jetzt schon völlig erschöpft von diesem schrecklichen Tag. Sie wusste nicht, wie lange sie noch durchhalten würde.

Zumindest war es nicht allzu kalt, und die Kräuter dufteten aromatisch und angenehm. Über ihnen zog ein Dreiviertelmond träge hinter einem zarten Wolkenschleier dahin, und die obersten Äste der Bäume wiegten sich leise im sanften Wind. Nur gut, dass wir so unbequem dahocken, sonst wäre ich bestimmt schon längst eingeschlafen, dachte Molly. Langsam begannen sich ihre Muskeln zu verkrampfen, doch sie wagte es nicht, sich zu bewegen, um sich hinzusetzen und die Beine auszustrecken. Als sie bemerkte, wie Arthurs Augen langsam zufielen und sein Kopf immer weiter nach vorne sank, seufzte sie. Vom bloßen Zusehen wurde sie noch schläfriger. Je länger sie ihren Cousin beobachtete, desto schwerer wurden ihre Lider …

Da raschelte es im Gestrüpp. Schlagartig war Molly wieder hellwach. Als sie vorsichtig hinter der Hecke hervorspähte, sah sie allerdings nur einen Igel, der auf den Milchteller zutapste.

»Mist!«, flüsterte sie. Schnell kroch sie aus ihrem Versteck und griff nach dem kleinen Tier, das sich natürlich sofort zu einem stacheligen Ball zusammenrollte. »Autsch! *Du* sollst doch keine Milch trinken, kleiner Igel. Friss lieber Schnecken!«

Jetzt war auch Arthur aus dem Schlaf geschreckt. Er schälte sich aus seiner Jacke, nahm Molly den Igel ab und wickelte ihn ein, damit er ihn nicht stach. »Wir lassen ihn später wieder frei«, flüsterte er. »Mensch, Molly, sind wir eigentlich verrückt geworden? Am Ende glauben wir noch an Zauberigel!«

»Sch!«, schnitt Molly ihm das Wort ab. Allerdings fragte sie sich allmählich selbst, ob sie noch ganz richtig im Kopf war. Wenn sie nicht genau wüsste, dass Miss Badcrumble in der Küche saß und die Milch schlürfte, die sie höchstpersönlich auf dem Herd erhitzt hatte, hätte sie die alte Frau und ihre Magie für reine Einbildung gehalten. Wer hätte gedacht, dass sie, Molly Cornell, einmal im Dunkeln hinter einem Busch kauern würde, um ein Fabelwesen zu fangen? Wenn sie es so formulierte, klang die ganze Sache völlig lächerlich.

Aber es ging schließlich um Jack. Molly biss die Zähne zusammen. Jack war verschwunden, und das hier war der einzige Weg, der ihr einfiel, um ihn zu finden.

Es raschelte wieder, dieses Mal noch leiser.

Ein kleinerer Igel oder einer von Masons Streunern?

Weder noch. Als sie und Arthur gespannt aus ihrem Versteck lugten, huschte eine winzige Gestalt aus dem Gestrüpp.

Der Flink sah genauso aus wie auf dem Bild im Museum: nicht größer als Mollys Hand, spindeldürr, mit zu lang geratenen Beinen, die wie bei Miss Badcrumble in dreizehigen Klauenfüßen endeten. Aus den Schulterblättern ragten Mottenflügel, genauso fransig und in staubigen Farben gemustert. Molly war sich nicht sicher, ob die grünen Flechten an den Beinen einfach da wuchsen oder eine winzige Hose darstellen sollten. Das Wesen hatte blanke, durchdringende Augen, einen breiten Mund und eine lange, dünne Nase. Kleine Haarbüschel sprossen ihm wie Unkraut aus den spitzen Ohren, und während die Kinder es gebannt beobachteten, schnellte eine Minizunge hervor und fuhr sich gierig über die Lippen. Es warf einen raschen Blick nach links und rechts, bevor es die dürren dreifingerigen Hände auf den Rand des Tellerchens legte.

Der Flink zögerte nur einen Moment, dann siegte seine Gier. Er beugte sich vor und leckte so hungrig die lauwarme Milch auf, dass er sogar seine lange Nase hineintauchte.

Molly spürte, wie Arthurs Hand sich um ihren Arm schloss, und sie erinnerte sich wieder an ihre Mission. Sanft setzte Arthur den Igel auf den Boden, der anscheinend beschlossen hatte, dass die Milch die ganze Erniedrigung nicht wert war, und schnurstracks davontrippelte. Molly hielt drei Finger hoch und zählte rückwärts: drei, zwei, eins …

Auf Kommando sprangen die beiden aus ihrem Versteck und stürzten sich auf den Finsterflink.

8

Der magere Körper entglitt Arthurs verzweifeltem Griff, doch Molly erwischte den Flink und hielt ihn fest. Er kreischte, trommelte mit den winzigen Händen auf ihrer Faust herum, zappelte, trat um sich, und als das alles nichts half, beugte er sich vor und biss zu. Sofort bildeten sich rote Quaddeln auf Mollys Fingern, und Blut floss aus der Wunde. Der Biss fühlte sich an, als hätte sie in Brennnesseln gefasst.

»Au! Lass das!«, japste sie und konnte kaum glauben, dass sie gerade mit einem echten magischen Wesen redete – noch dazu mit einem, das ziemlich fest zubeißen konnte.

Der Finsterflink hörte nicht auf sie und schnappte nach ihrer Hand, bis Molly vor Schmerz beinahe losgelassen hätte. Zum Glück packte Arthur geistesgegenwärtig seine Beinchen, damit Molly den Oberkörper besser greifen konnte. Sie schob ihre Finger so weit nach unten, dass der Flink sie mit seinen spitzen Zähnen nicht mehr erreichte. Da fing er an zu fluchen und zu schreien, so laut es seine Minikehle hergab, und spuckte und wand sich.

»Halt endlich still!«, schimpfte Arthur, während er den Flink gleichzeitig mit großen Augen betrachtete.

»Niemals, du Bestie!«, kreischte das Wesen. Dieses Mal

gelang es ihm, eine seiner knochigen Hände zu befreien, und sofort schleuderte es Funken und grüne Flammen in alle Richtungen. Kleine Feuerblitze krachten gegen Zweige und Steine und prallten vom Boden ab. Als Molly und Arthur ihnen ausweichen wollten, knallten sie aneinander und standen sich gegenseitig im Weg.

»Schon gut, Molly, lass los! Ich hab ihn!«, rief Arthur. Im selben Moment schossen ihm grüne Flammen ins Gesicht, doch er hielt den Flink fest umklammert. Die winzigen Explosionen waren überall und hinterließen stinkende Rauchwolken. Einer der Feuerbälle traf den Unterteller und färbte die Milch grün. Sie begann zu blubbern und kochte schließlich über. Ein anderer traf den Ahorn und sprengte alle Blätter von den Zweigen, die rauschend zu Boden flatterten. Einer schlug in das Kräuterbeet, versengte Petersilie und Thymian und verpestete die Luft mit ekelhaftem Gestank. Molly presste sich die Hände vor Mund und Nase, während Arthur das zappelnde Wesen tapfer festhielt. Selbst als ihn ein winziger grüner Feuerball an der Nase traf, ließ er nicht los.

»Die Talismane!«, rief Molly plötzlich. »Halt durch, die Talismane beschützen uns!«

Kaum hatte sie das gesagt, wurde der kleine Körper des seltsamen Wesens schlaff, und die dürren Ärmchen plumpsten auf Arthurs geballte Faust. Der Flink bedachte sie mit dem wutschäumenden Blick eines Besiegten und hätte sie eindeutig am liebsten mit einem Zauberspruch in die Luft gejagt. Schwer atmend, aber mit einem triumphierenden

Lächeln auf den Lippen trug Arthur den Flink in die Küche und presste ihn auf den Tisch. Einen Augenblick lang starrten die Kinder ihn wortlos an und konnten gar nicht so recht glauben, was sie da sahen. Auch Miss Badcrumble glotzte mit offenem Mund.

»Du!«, krächzte das Wesen und zeigte mit einem Klauenfinger auf sie. »Du steckst mit diesen Bestien unter einer Decke?«

»Nicht doch, mein Lieber! Es ist nicht so, wie du denkst, ich …«

»Bestien!«, kreischte der Flink erneut und übertönte die Erklärungsversuche der alten Dame. »Grobiane! Teufel!«

»Keine Angst, wir tun dir nichts«, versuchte Arthur ihn zu beruhigen.

Der Flink entblößte die spitzen Zähne. »Ach, na dann ist natürlich alles in Ordnung.«

»Du bist ein ganz schön bissiges kleines Ding«, bemerkte Molly und musste ein Grinsen unterdrücken.

»Ich bin nicht klein. Du bist riesig!«

»Mag ja sein, aber du brauchst doch nicht gleich so zu schreien.«

»Ach, nicht? Aber wenn ich flüstere, dann …«

»Was?« Molly beugte sich vor.

»… würdest du kein Wort verstehen!«, brüllte der Flink.

Molly zuckte zurück und schlug sich verärgert die Hände auf die Ohren. »Mann, sprich doch einfach ganz normal!«

Arthur hatte mittlerweile die Flügel des Flinks zwischen

Daumen und Zeigefinger geklemmt und hielt mit der anderen Hand seine Beine fest, aber das Wesen wand sich weiter und schlug wild um sich. Noch mehr wütende grüne Funken schossen aus seinen Fingern und hinterließen Brandflecken auf dem Küchentisch. »*Der* ist hier die Bestie. Kannst du eine Schnur oder so was suchen?«

»Was?«, kreischte der Flink.

»Oh, tut ihm nicht weh«, jammerte Miss Badcrumble und rang entsetzt die behandschuhten Klauen.

»Ich hab eine bessere Idee«, sagte Molly. Sie sprang auf und nahm ein großes leeres Marmeladenglas von der Arbeitsplatte. Mit einem Messer bohrte sie vorsichtig ein paar Luftlöcher in den Deckel.

»Nein! Da gehe ich nicht rein!« Der Finsterflink funkelte sie böse an. »Lasst mich augenblicklich los!«

Molly hielt das Marmeladenglas schräg, und Arthur schob den Flink langsam hinein, wobei er gut aufpasste, seine Flügel nicht zu verletzen. Dann drehte Molly schnell den Deckel zu und stellte das Glas auf den Tisch. Der Flink trommelte wütend dagegen und ließ noch mehr Funken sprühen. Das Glas wurde zwar schwarz, aber er konnte nicht ausbrechen.

»Bestien!«, brüllte er. »Mörder! Ihr lasst mich hier vertrocknen und steckt mich in einen dieser Glaskästen, damit mich alle anderen Bestien auch anglotzen können.«

»Natürlich nicht«, sagte Molly. »Aber du bist unser Gefangener, und du darfst nicht gehen, bevor du uns verraten hast, was wir wissen wollen.«

Der Finsterflink ließ von seiner Gefängniswand ab und schaute sie listig an. »Ach? Na, dann erzähl. Worum geht es?«

»Ich … ich merke, wenn du lügst«, stotterte Miss Badcrumble, atemlos vor Nervosität.

»Hm. Ach ja?«

Arthur hielt dem Flink drohend den Zeigefinger vor das Gesicht. »Wir wollen wissen, was die Finsterflinks mit den Ravenstormkindern gemacht haben.«

»Und warum sie es gemacht haben«, fügte Molly hinzu. »Und wo sie jetzt sind natürlich.«

»Wo sie sind? Da stehen doch zwei in der Wiese vor eurem Garten, du dummes Menschenmädchen!«, ätzte der Flink.

Molly stöhnte frustriert. »Ich meine die *echten* Kinder. Nicht die Statuen. Wir werden den Zauber brechen und sie zurückverwandeln, und du wirst uns dabei helfen.«

»Boah!« Der Finsterflink wich zurück zur gegenüberliegenden Seite des Glases und zog die schlaksigen Beine an wie ein kleiner Storch. »Ich helfe euch auf keinen Fall. Vor euch blöden Bestien habe ich nicht halb so viel Angst wie vor der Königin. Wenn die rausfindet, dass ich mich hier oben rumgetrieben habe, dann … dann …« Er flatterte aufgeregt mit den Flügeln, und seine grünen Wangen wurden mit einem Mal ganz blass. »Und dass ich mich von ein paar dummen, tollpatschigen Menschenkindern habe erwischen lassen …«

»Hey!«, unterbrach Arthur das tobende Wesen empört.

»… dafür wird sie mir meine Flügel wegnehmen, und dann muss ich für immer hier oben leben, ja, das wird sie tun.« Das winzige Männchen verschränkte die Arme und schüttelte sich. »Sie wird mich in die Menschenwelt verbannen, und dann verbringe ich den Rest meines Lebens als flügellose Riesenbestie. Wie die da!« Er warf Miss Badcrumble einen boshaften Blick zu, bevor er sich beleidigt auf den Marmeladenglasboden plumpsen ließ.

Die alte Frau sah ihn betrübt an. »So schlimm ist es hier oben gar nicht. Es gibt weiche Betten und Kopfkissen und Segelschiffe und Eis und …«

»Bah! Eklige feuchte Federn! Gefährliche Schiffe! Widerliche gefrorene Sahne! Was weißt du denn schon? Du bist doch schon als Baby weg, du hast nie gesehen, was mit einem Flink passiert, der aus der Reihe tanzt.«

»Sch!«, machte Arthur. »Das ist nicht besonders hilfreich, Miss Badcrumble!«

»Wenn du den Zauber nicht rückgängig machen kannst oder willst, dann fragen wir deine Königin«, entschied Molly und klang dabei sehr ernst. »Aber du musst uns zu ihr bringen.«

»Boah! Nein!« Der Flink presste sich die Haarbüschel auf die Ohren, aber weil die Büschel so dünn und die Ohren so groß waren, brachte das nicht viel.

»Doch«, beharrte Molly. »Du kannst ihr dann auch gleich noch erzählen, dass wir dich gezwungen haben, dann sind wir schuld, und du bist raus.«

Der Finsterflink schien darüber nachzudenken. »Das wird euch nicht gefallen«, feixte er.

»Und danach lassen wir dich natürlich gehen.«

Seine Zunge schnellte wieder heraus und leckte über die Lippen, bevor er den Kopf neigte und die Stirn runzelte. »Versprochen?«

»Versprochen. Wir wollen nur die Königin bitten, die Kinder zu befreien. Sonst nichts.«

»Ach so. Na dann: Viel Glück dabei.«

»Also abgemacht?« Der kleine Flink ging Molly allmählich ziemlich auf die Nerven. »Aber du musst versprechen, dass du uns hilfst!«

Das Wesen schaute sie schief an. »Kann ich nicht lieber was anderes machen, damit ihr mich gehen lasst? Zum Beispiel eure Kühe melken?«

Arthur kicherte. »Deinen komischen Kuhhandel kannst du vergessen. Außerdem haben wir gar keine Kühe.«

»Ihr seid wirklich nutzlose Menschen.« Der Flink zog eine Grimasse, die auch nicht viel hässlicher war als sein normaler Gesichtsausdruck. »Na gut. Ich helfe euch. Ich bringe euch zur Königin der Finsterflinks. Sind ja nur eure dummen Köpfe, die dann rollen werden!«

»Versprochen?«, fragte Molly hartnäckig.

»Versprochen!«

»Okay, dann los«, sagte Molly. »Wir können das Ganze genauso gut auch gleich hinter uns bringen. Wie heißt du?«

»Baldrian.« Der Flink deutete eine kleine Verbeugung an,

was ihm, obwohl er in einem Marmeladenglas steckte, sogar recht anmutig gelang. »Und ich wünschte, ich könnte behaupten, dass es mich freut, euch kennenzulernen, allerdings tut es das kein Stück.«

»Entschuldige«, sagte Molly ehrlich reumütig. »Aber wenn ihr nicht meinen kleinen Bruder und die anderen Kinder versteinert hättet, wäre mir nicht im Traum eingefallen, dich zu fangen.«

Molly wollte schon den Deckel des Marmeladenglases aufschrauben, da fiel ihr etwas ein: »Und wie können wir sicher sein, dass du nicht einfach abhaust?«

Als Antwort zuckte Baldrian bloß mit den Achseln. Molly verzog das Gesicht.

»Na schön, dann also doch mit Schnur.« Sie durchsuchte ein paar Schubladen, bis sie eine Rolle Bindfaden und eine Schere gefunden hatte. Sie schnitt ein gutes Stück ab, dann öffnete Arthur das Glas und hielt Baldrian fest, während Molly den Faden um dessen winzige, knochige Handgelenke schlang, an denen er aussah wie ein dickes Seil.

»So. Jetzt kannst du nicht mehr wegfliegen.«

»Gehen wir«, sagte Arthur und wandte sich an die alte Dame. »Kommen Sie mit, Miss Badcrumble?«

»Die?«, rief Baldrian in einem Ton, der vor Verachtung nur so triefte. »Die hat keinen Zutritt zum Königreich.«

»Allerdings nicht, nein, nein.« Miss Badcrumble wich vom Tisch zurück und winkte heftig ab. »Ich kann nicht mit. Aber ihr müsst vorsichtig sein, meine Lieben!«

»Na klar«, sagte Arthur.

»Also, wirklich! Seid sehr, sehr vorsichtig. Die Königin ist ungeheuer gerissen. Und grausam«, sagte sie.

Baldrian starrte Miss Badcrumble so böse an, dass diese sich zitternd an ihren Röcken festklammerte. »Du solltest vor den Bestien deine Zunge im Zaum halten.«

Sie bemühte sich, ihn zu ignorieren, und schaute flehentlich zu Molly. »Weißt du, die Königin mag keine Menschen, wirklich nicht. Sie wird versuchen, euch reinzulegen. Und, na ja, wie soll ich sagen? Sie ist einfach keine sonderlich nette Person.«

»Wir passen auf.« Obwohl Miss Badcrumble versucht hatte, sie zu verzaubern, war sie ganz offensichtlich harmlos; sie hatte nur helfen wollen, auf ihre eigene, verschrobene Art. Molly drückte die Hand der alten Flink, erwischte jedoch hauptsächlich Handschuh. »Aber wir müssen Jack finden. Vielen Dank für alles, Miss Badcrumble.«

»Ja, danke, Miss Badcrumble!« Arthur öffnete die Hintertür.

»Bah.« Baldrian bedachte Miss Badcrumble mit einem letzten giftigen Blick, dann trug Molly ihn vorsichtig aus dem Haus, hinein in die sanfte Dunkelheit der lauen Sommernacht.

»Wir müssen uns eine gute Geschichte einfallen lassen, bevor wir bei der Königin auftauchen«, meinte Baldrian. Er flatterte direkt vor ihnen an seinem Faden, so dass die filigranen Flügel wie ein verschwommener heller Fleck in der Luft aussahen. Molly hatte seine Handgelenke befreit und den Faden stattdessen um seine dürre Taille geschlungen; das andere Ende hielt sie fest in der Hand. Sie wollte verhindern, dass er floh, auch wenn sie befürchtete, dass er sich ohnehin mit einem Zauber befreien könnte. Im Moment allerdings wirkte er nur allzu glücklich, voranzufliegen – mitten hinein ins Finsterflinkgebiet.

Molly fand es ziemlich nervenaufreibend, wie er immer in dieser Mischung aus Knurren und Kreischen redete. Er schien überhaupt nicht leise sprechen zu können, und sie bekam die Vorstellung nicht aus dem Kopf, dass die gesamte Insel ihn hörte. Vielleicht war Baldrian trotz seines Getues einfach nicht allzu hell im Kopf.

Oder er wollte sie in Schwierigkeiten bringen.

»Wozu brauchen wir eine Geschichte?«, fragte Arthur.

»Ihr nicht. Ihr habt eure dumme Geschichte ja schon. Ich brauche eine!« Der Finsterflink hielt mitten in der Luft an und drehte sich zu ihnen um. »Die Königin wird nicht erfreut sein, dass ich mich im Obergeschoss herumgetrieben habe. Das sieht sie gar nicht gern. Also behauptet lieber, ihr hättet mich in einem Maulwurfshügel gefunden.«

»Und warum dürft ihr nicht ins … äh … Obergeschoss?«, fragte Molly.

»Na, warum wohl? Damit wir nicht mit den Trollen und Meerjungfrauen abhängen … Die sind fies und eklig und kein angemessener Umgang für einen anständigen Flink.«

Arthur riss die Augen auf und sah Molly an. Seine Lippen formten das Wort: »Trolle?«

»Meerjungfrauen!«, gab Molly ebenso lautlos zurück. Ein Kribbeln lief ihr über den Rücken – Angst, aber auch Abenteuerlust. Arthurs Augen leuchteten.

»Verstehe«, sagte Molly mit völlig gleichmütiger Stimme zu Baldrian. Als würde sie jeden Tag Trolle treffen! »Gut, wir werden nicht verraten, dass du hier oben warst und Milch genascht hast. Aber dafür schuldest du uns was.«

»Ich schulde euch was? Wer von uns hängt hier an einem Seil?«

»Trotzdem.« Molly zupfte leicht daran. »Vergiss nicht, dass wir dich decken. Wir verraten dich nicht, solange du dein Versprechen hältst.«

»Schon gut, schon gut.« Der Flink flatterte weiter, und der trübe Mond tauchte seine Flügel in zartsilbernes Licht. Sie liefen wieder Richtung Kliff. Das ergibt Sinn, dachte Molly und schauderte, weil ihr das Trappeln und Kratzen im Nebel wieder einfiel. Das mussten Finsterflinks gewesen sein, auf der Jagd nach den frisch angekommenen Kindern. Die kleinen Wesen hatten bestimmt gedacht, dass ihr Zauber auch auf Arthur und Molly gewirkt hatte, als sie mit dem Nebel wieder verschwanden. Wie würden sie reagieren, wenn zwei Menschenkinder plötzlich in ihr Versteck spaziert kamen?

Nicht weit vor ihnen tauchte eine hochgewachsene, bedrohliche Gestalt auf. Mit klopfendem Herzen blieb Molly stehen.

Aber nein! Sie atmete erleichtert aus. Das war gar kein Troll, sondern nur die knorrige Eiche, deren Äste sich gespenstisch gegen den mondhellen Nachthimmel abhoben. Der Boden unter ihren Füßen war nicht länger weich und moosig, sondern hart und sandig, und Grasbüschel kitzelten sie an den Knöcheln. Hinter sich hörte sie Arthurs nervöses Keuchen.

»Du hast richtig Angst vor deiner Königin, was, Baldrian?«, fragte sie.

»Todesangst! Und die solltet ihr beiden auch haben«, sagte der Flink mit einem Grinsen. »Sie ist ziemlich aufbrausend, und wenn sie euch sieht, wird sie in die Luft gehen, das verspreche ich.«

»Wie gesagt, ich versuche bloß, meinen kleinen Bruder zu retten.«

Wieder drehte sich der Flink am Ende seines Fadens um. Er lehnte sich zurück, die Hände hinter dem Kopf verschränkt, als würde er auf einem Luftkissen liegen, und musterte sie. »Tja. Ich glaube dir. Und ich bin euch dankbar, dass ihr mich nicht verratet. Seht es einfach als Warnung.«

»Was ist überhaupt so schlimm an Meerjungfrauen? Ich dachte, die sollen nett sein.«

»Nett? Du wirst schon sehen, wie nett die sind, wenn dich am Kap der Toten Männer die Strömung erwischt. Die retten dich bestimmt nicht.«

Kap der Toten Männer. Auf Mollys Arm stellten sich die Härchen auf. »Ach, dann sind sie genauso skrupellos und gemein wie die Finsterflinks?«

»Im Gegensatz zu denen sind wir die reinsten Engel«, gab Baldrian beleidigt zurück. »Und außerdem sind die Meerjungfrauen noch längst nicht die Schlimmsten. Uns wurde ausdrücklich verboten, auch nur in die *Nähe* von Schloss Ravenstorm zu kommen, bei den vielen Geistern und Wasserspeiern dort. Und was das Wesen im Teich angeht … brrr!«

Molly drehte sich zu Arthur um, dessen Gesicht ein Bild des Staunens war. Langsam breitete sich ein Grinsen darauf aus.

O nein!, dachte sie. Ich weiß genau, wo er als Nächstes herumstöbern will.

Arthur schloss zu ihr auf und flüsterte: »Kannst du das glauben? Und diese ganzen Wesen sollen in meinem neuen Zuhause leben? Gestern dachte ich noch, das hier wäre der langweiligste Ort auf der Welt. Und jetzt … Finsterflinks und Trolle und Meerjungfrauen!«

»Also, ich glaube mittlerweile alles.« Auch Mollys Aufregung wuchs.

Arthur blieb kurz stehen und schaute zu den Schlosstürmen zurück, die in den Nachthimmel aufragten. »Sieh sie dir an. Geister und Wasserspeier!«

»Wasserspeier …« Molly runzelte die Stirn und biss sich auf die Unterlippe. Das Dach des Schlosses war deutlich zu erkennen, schwarz gegen nachtblau, und alle Wasserspeier standen in Reih und Glied. Keine Lücke wie in der letzten Nacht. Sie konnte sich den leeren Sockel doch nicht bloß eingebildet haben, oder? Das einzige Problem war, dass sich alles, was sie sich je eingebildet hatte, gerade als real erwies.

»Und ich frage mich, was da in unserem Teich wohnt«, murmelte Arthur.

»Warte mal kurz. Schau dir die Wasserspeier an.« Molly zeigte auf die Umrisse in der Ferne.

»Was soll mit denen sein?«

»Sie sind alle da!«

»Und?«

»Und ich bin mir sicher, da hat vorher einer gefehlt. Weißt du nicht mehr, wie ich gestern Nacht dachte, draußen auf dem Dach hätte sich was bewegt, kurz bevor ich Mason getroffen habe?«

»Hier lang.« Baldrian unterbrach Molly und beendete ihr aufgeregtes Geflüster, als er an seinem Faden zog. Er flatterte knapp über dem Rand der Klippe und spähte nach unten. »Ihr seid hoffentlich schwindelfrei«, knurrte er.

»Keine Angst, das sind wir!« Molly grinste. »Schau, Arthur, den Weg haben wir gestern auch genommen. Ich wusste, dass wir auf der richtigen Spur waren!«

»Ach.« Baldrian klang eingeschnappt. »Aber gefunden habt ihr uns bestimmt trotzdem nicht, ihr tollpatschigen Riesen. Und noch etwas: Bevor wir weitergehen, müsst ihr eure Talismane hierlassen.«

»Was?«, riefen Molly und Arthur im Chor.

Der Flink verschränkte die dürren langen Ärmchen. »Ihr habt euch über Talismane unterhalten, als ihr mich erwischt habt. Mit denen in der Tasche bringe ich euch garantiert nicht zur Königin. Die macht Hackflink aus mir, wenn sie das rausfindet. Legt sie sofort hier hin oder ihr kommt nicht einmal in ihre Nähe. Sonst könnt ihr mich auch gleich als Kanarienflink auf Schloss Ravenstorm halten.«

Molly schauderte, als sie daran dachte, wie oft Masons Talismane sie nun schon beschützt hatten. »Ich glaube nicht, dass wir das tun sollten«, raunte sie Arthur zu.

»Ich glaube, wir haben keine Wahl.« Arthur zog seinen Talisman aus der Hosentasche und drehte ihn in der Hand, wobei er mit dem Daumen über den eingravierten Raben auf der Rückseite fuhr. »Wir sind schon so weit gekommen, Molly, wir können jetzt nicht aufgeben!«

»Du hast recht.« Molly holte ihren Talisman hervor, während Arthur seinen behutsam auf einem großen Stein ablegte. »Schließlich steht Jacks Leben auf dem Spiel.«

»Allerdings«, mischte sich Baldrian gebieterisch ein. Seine wachsamen Augen richteten sich auf Molly. »Jetzt du!«

Molly bückte sich. Okay, Mum und Dad, schauen wir mal, wie viel ich von euch gelernt habe …

Sie spürte den zarten Luftzug von Baldrians flatternden Flügeln an ihrem Ohr, und sein scharfer Blick brannte ihr im Rücken, als sie sich anschickte, den Stein hinzulegen. Auf dem Boden waren ein paar ganz ähnliche Kiesel, und das hatte Molly gehofft. Verstohlen schnippte sie den Talisman in ihre Handfläche und verbarg ihn dort, während sie mit Daumen und Zeigefinger blitzschnell einen Stein aufhob, der ungefähr die gleiche Größe hatte. Diesen gewöhnlichen Kiesel platzierte sie dann bedächtig neben dem Talisman ihres Cousins. Schweiß klebte ihr im Nacken, als sie sich wieder aufrichtete, die Faust locker herabhängend, den Talisman noch immer in ihrer Handfläche.

Hat es geklappt? Kann er fühlen, dass ich ihn noch habe?, fragte sie sich bang.

Baldrian nickte zufrieden. »So, und jetzt kommt mit.« Er zerrte Molly an seinem Faden auf den Klippenpfad. »Und denkt dran, es ist dunkel, also überschätzt euch nicht, ihr Großfüßler.«

Molly stieß einen zitterigen Seufzer aus, als sie den rutschigen Weg betrat. Sie schob den Talisman in ihren Ärmel und betete, dass er nicht herausfallen würde.

Die Tricks meiner Eltern täuschen sogar Finsterflinks, dachte sie stolz. *Das* sollten sie mal auf ihre Werbeplakate schreiben!

Auf dem steilen Teil des Pfads wurde es einen Moment lang kritisch: Mollys Hände schrammten über den sandigen Fels auf der Suche nach Halt, während sie unkontrolliert in die Dunkelheit schlitterte. Das Herz rutschte ihr bereits in die Hose, doch als sie ruckartig zum Stehen kam und ihren Ärmel befühlte, war die harte Ausbuchtung mit dem Talisman noch da. Als Arthur hinter ihr aufprallte, nutzte Molly die Ablenkung und ließ den Stein in ihrer Tasche verschwinden.

An der Stelle, an der der Pfad flach auslief und sie auf den

Strand springen konnten, hielt Baldrian an, drehte sich zu ihnen um und zupfte mit großem Tamtam an dem Faden um seine Hüfte. »Jetzt bin ich an der Reihe, euch festzuhalten. Nehmt meine Hände!«

Molly und Arthur tauschten einen schnellen Blick, bevor sie beide nach einer winzigen Hand griffen. Baldrian schlug unbeholfen mit den Flügeln und jaulte auf.

»Nicht so fest, nicht so fest! Gut, so ist es besser. Also dann: Kommt mit.«

Molly schnappte sich rasch den Faden – nur für alle Fälle –, dann folgten sie Baldrian verblüfft zu der Höhle, die sie am Morgen schon einmal durchsucht hatten.

»Aber das ist eine Sackgasse«, wandte Molly ein.

»Ach, sei einfach still«, nörgelte der Flink. »Das zeigt mal wieder, wie wenig ihr Großfüßler wisst.«

Ihre angeblich so riesigen Füße hörte man auf dem festen Sand überhaupt nicht, aber ihr Atem hallte gespenstisch von den Höhlenwänden wider. Merkwürdigerweise entfernte sich das Echo immer weiter, wurde leiser und leiser, bis es schließlich fast gar nicht mehr da war.

Molly horchte angestrengt nach dem Rauschen des Meeres, vernahm aber stattdessen nur ein seltsames Summen. Es schien sie zu umkreisen wie ein Bienenschwarm, doch obwohl sie sich hin und her drehte und versuchte, dem Geräusch zu folgen, entdeckte sie weit und breit nichts, was es verursachen könnte.

»Hörst du das?«, flüsterte sie Arthur zu.

»Ja«, antwortete er. »Klingt als … als würde jemand mit einer gruseligen Stimme singen.«

»Was?« Molly runzelte die Stirn. »Gar nicht. Es klingt wie Bienensummen!«

Baldrian stieß ein unheimliches Lachen aus. »Die Finsternis klingt nicht für alle Bestien gleich. Was ihr da hört, ist sozusagen das Hintergrundbrummen, das die Macht der Königin erzeugt. Wir betreten jetzt nämlich ihr Reich.«

Der schaurige Klang einer gezupften Geigenseite durchbrach die Stille. Molly fröstelte und blickte nach oben. Die Decke war so weit weg … Erst jetzt fiel ihr auf, dass Baldrians knochige Hand in ihrer genau die richtige Größe hatte. Menschengröße.

Molly schnappte nach Luft und hörte, wie Arthur laut »Wow!« rief.

Da machte es *Klick*. Baldrian war überhaupt nicht menschengroß – sie waren auf Finsterflinkgröße geschrumpft! Mollys andere Hand umklammerte ein dickes Seil, das früher nur ein Bindfaden gewesen war. Als sie in den Sand unter ihren Füßen stieß, bewegte der sich kaum und fühlte sich so schwer an wie nasser Zement. Die Körner waren so groß und grob wie der Schotter in der Auffahrt von Schloss Ravenstorm.

Molly blieb wie angewurzelt stehen, und sofort schlugen ihr Baldrians mittlerweile gewaltige Flügel ins Gesicht. »Kommt weiter. Drücken gilt jetzt nicht mehr.«

»Das ist unglaublich«, hauchte sie.

»Quatsch, das ist die normalste Sache der Welt«, erwiderte Baldrian. »Es ist noch nicht mal richtige Zauberei – es funktioniert immer, wenn ein Flink dabei ist. Los, hier geht's rein.«

Bei dem Eingang handelte es sich um eine der vielen Ritzen und Spalten, die Molly bei ihrem letzten Besuch in der Höhle mit den Fingerspitzen abgetastet hatte – aber jetzt passten sie und Arthur mühelos hindurch und gelangten ganz einfach in die Dunkelheit dahinter. Sie stießen sich nicht einmal den Kopf.

»Ihr könntet mich jetzt mal losbinden«, sagte Baldrian. »Das Ganze hier ist nämlich ziemlich entwürdigend. Außerdem sind wir fast da.«

Arthur warf Molly einen unsicheren Blick zu. »Ich weiß nicht, ob das so klug wäre«, sagte er ernst.

»Stimmt. Du könntest ja einfach davonfliegen«, pflichtete Molly ihrem Cousin bei.

»Mir doch egal, ob ihr es für klug haltet oder nicht, ich bringe euch jedenfalls keinen Schritt weiter, solange ihr mich nicht losbindet.« Baldrian funkelte sie wütend an. »Ihr müsst ja wohl zugeben, dass dieses Seil ziemlich schwer ist, wenn man nur so groß ist wie ein Finsterflink.«

Molly wurde rot und machte sich daran, den Knoten zu lösen, aber es brauchte ziemlich viel Hilfe von Arthur und genervtes Zungenschnalzen von Baldrian, bis sich das Fadenseil schließlich von seiner Hüfte löste und schwer zu Boden fiel.

»Tut mir leid«, sagte Molly lahm.

»Na, das will ich auch hoffen!«, meckerte Baldrian und flatterte voraus, einen engen Gang entlang.

Jetzt waren die seltsamen Geräusche verstummt. Molly streckte den Arm aus, um die Wand zu berühren. Sie fühlte feuchte Erde und Stein, durchzogen von weißen und braunen Wurzeln. Dazwischen war eine blassrosa Wurzel, und als Molly darüberstrich, krümmte sie sich panisch und schlängelte sich blitzschnell zurück in ihr Loch. Molly quiekte und riss die Hand zurück. »Igitt! Ein Riesenregenwurm!«

»Eigentlich ist er ganz normal groß«, verbesserte Arthur sie. Trotzdem zitterte er, als er selbst die Hand nach der Wand ausstreckte. »Da, das hier ist eine richtige Wurzel. Pech gehabt, Molly!«

»Hört endlich auf zu trödeln!« rief Baldrian verärgert von weiter vorn. Hastig schlossen Molly und Arthur zu ihm auf, aber als sie sahen, wo er stand, stockte ihnen der Atem.

Der Tunnel mündete in eine riesige Höhle, deren Wände aus fester Erde und Stein geformt waren. Die Decke wurde von wunderschön gewölbten und gewundenen Säulen gestützt, die überhaupt keine Säulen waren, wie Molly mit einem Mal bemerkte, sondern die knorrigen Wurzeln eines alten Baums.

»Arthur, das ist die Eiche oben auf dem Kliff! Die Finsterflinks leben darunter. Kein Wunder, dass wir nichts gefunden haben.«

»Ihr seid eben dumm und tollpatschig!« Baldrian verdrehte die Augen. »Genau wie ich gesagt habe.«

Allmählich ging der Flink Molly gehörig auf die Nerven. Sie warf ihm einen warnenden Blick zu, bevor sie sich langsam um die eigene Achse drehte. Sie konnte nicht anders, als ihre Umgebung mit offenem Mund zu bestaunen.

Es war auf einmal gar nicht mehr dunkel: Gedämpftes grünes Licht wie von Sonnenstrahlen, die durch Frühlingslaub fallen, erhellte malerische Wege aus kleineren Wurzeln, elegante Spitzbogengänge und kunstvoll geschnitzte Türen, die wer weiß wohin führten. Genau in der Mitte der großen Höhle, auf einer Plattform aus Haselnusszweigen, war ein Pavillon. Seine Wände und sein Dach bestanden aus Blattgerippen und Spinnweben, die ihm einen gespenstischen Schimmer verliehen. Links und rechts davon stand ein Trupp Finsterflinkwachen mit Rüstungen aus so dünnem Schiefer, dass sie beinahe durchsichtig waren. In den Händen trugen sie schrecklich scharf wirkende Rosendornspeere.

In dem Pavillon saß die außergewöhnlichste Frau, die Molly je gesehen hatte. Sie war noch um einiges seltsamer als Miss Badcrumble und wunderschön, obwohl sie etwas an sich hatte, das Molly einen Schauer über den Rücken jagte. Ein gefährlicher Glanz lag in ihren tiefschwarzen Augen. Ihre langen Libellenflügel schillerten und schlugen im Takt mit den trommelnden Fingernägeln. Das wilde schwarze Haar der Frau wurde locker von goldenen Fäden und weißen Blumen zusammengehalten, und darauf thronte eine Krone aus silbernen und goldenen Zweigen. Ihr spitzes Gesicht verzerrte sich in majestätischer Wut, als Baldrian die beiden Kinder hereinführte.

»Was hat das zu bedeuten?« Sie erhob sich von ihrem Thron aus verschlungenen Wurzeln, und ihre dreifingerigen Klauenhände bohrten sich in die Armlehnen. Ein Mantel umhüllte ihre Schultern, und Molly kniff die Augen zusammen, um herauszufinden, woraus er genau bestand. Er schien aus vielen kleineren Stücken zusammengenäht zu sein, von denen jedes in schimmerndem Braun oder Grün marmoriert war. Der Stoff sah aus, als wäre er dünn wie Seide, allerdings ein wenig fester. »Menschenkinder? Lebendig, nicht versteinert? Wo hast du diese beiden gefunden, Baldrian?«, fragte die Königin und stieg anmutig ein paar Stufen herunter. Dabei stieß sie einen reich mit Essen beladenen Tisch zur Seite, so schnell, dass ihre Wachen nicht mehr rechtzeitig reagieren und ihn aus dem Weg räumen konnten. Molly starrte gebannt auf die Gerichte: Winzige rosafarbene Knospen, Körbe voll mit Blütenblättern, goldene Samen und Nüsse und dünne, wie grünes Engelshaar verschlungene Grashalme lagen dort angerichtet.

»Eure M-Majestät«, stammelte Baldrian und landete in einer tiefen, eleganten Verbeugung zu ihren Vogelfüßen. »Diese Kinder sind Eurem Zauber anscheinend entkommen. Sie haben mich gefunden, als sie nach Maulwürfen gesucht haben, und in eine Falle gelockt, aber ich konnte sie mit einem Trick dazu bringen, mir in Euren Palast zu folgen.«

Dieses Mal tippten die Krallen der Königin gegen ihre Wange, während sie Baldrian mit einem zornigen Blick bedachte. »Wie überaus leichtsinnig von dir, so nah an die Oberfläche zu fliegen. Und sie dann auch noch hierherzuführen, in mein Reich! Nun, immerhin hast du mir zwei weitere Menschenbälger geliefert. Soll ich dich nun bestrafen oder belohnen?«

»Bitte, meine Königin, bestraft mich nicht!«, quiekte Baldrian panisch. »Bitte, Majestät, nehmt mir nicht die Flügel!«

Flügel! Molly betrachtete noch einmal den sanft schwingenden Mantel der Königin, und ihr wurde plötzlich übel, als sie erkannte, woraus er bestand: aus Dutzenden Finsterflinkflügeln. Sie schaute rasch zu Arthur. Ihr Cousin hatte es wahrscheinlich auch gerade bemerkt, denn er sah aus, als müsste er sich gleich übergeben.

Die anderen Finsterflinks ringsum kicherten höhnisch, und Molly hielt den Atem an. Das Gesicht der Königin blieb ausdruckslos, bis sie ein glockenhelles Lachen ausstieß, das wie erlesene Musik klang. »Nun gut, Baldrian. Du amüsierst mich einmal mehr.«

»Oh, schön«, murmelte Baldrian und wischte sich den Schweiß von der Stirn.

»Also, *uns* amüsiert das alles hier eher weniger.« Arthur trat vor und verschränkte die Arme vor der Brust. In seinen Augen lag das gleiche feindselige Funkeln, das Molly aus dem Flugzeug kannte. »Was habt Ihr mit den ganzen Kindern gemacht?«, herrschte er die Königin an.

Mit einem Mal war es totenstill. Auf den blassen Elfenbeinwangen der Königin erschien ein Hauch von Rot, und sie richtete sich zu ihrer vollen Größe auf.

Die gar nicht so beeindruckend wäre, wenn wir unsere normale Größe hätten, musste Molly sich selbst ins Gedächtnis rufen.

»Es spricht!«, kreischte die Königin anklagend. »Es spricht, obwohl man es ihm nicht gestattet hat.«

Ein entrüstetes Stimmengewirr erklang, wütende Schreie und Rufe hallten von den Höhlenwänden wider, bis die Königin energisch die Hand hob. Sofort wurde es still.

»Habe ich es euch nicht gesagt?«, brüllte sie dröhnend. »Habe ich es euch nicht gesagt? Diese Menschenkinder sind ungezogene Rotzlöffel. Und jetzt kommen diese zwei einfach so in meinen Palast marschiert und beleidigen mich und mein Volk!«

»Ich habe niemanden beleidigt«, rief Arthur. »Ich habe lediglich gefragt, was Ihr mit den Kindern gemacht habt. Die hätten wir jetzt nämlich gerne wieder, bitte schön.«

Schnell machte Molly einen Schritt nach vorn, damit Arthur und die Königin sich nicht noch weiter in Rage redeten. Die dorngespickten Speere, die die Wachen drohend auf sie richteten und die ihr Cousin im Eifer des Gefechts noch gar nicht bemerkt zu haben schien, gefielen ihr nämlich ganz und gar nicht. Was würde die Königin ihnen wohl gleich wegnehmen? Panisch erwog Molly, was an ihnen zum Flügelmantel der Finsterflinkherrscherin passen könnte.

»Bitte, Eure Majestät«, fing sie an, »wir möchten doch nur – und ich bin sicher, als gute, barmherzige Königin werdet Ihr das verstehen –, wir möchten nur wissen, warum Ihr die Kinder verzaubert habt und was wir dagegen tun können. Was auch immer die armen Kleinen gemacht haben, sie haben es bestimmt nicht böse gemeint.«

»Nicht böse?«, kreischte die Königin. »Nicht böse? Sie haben mir das Allerschlimmste überhaupt angetan! Dies ist meine Rache, Menschenkind. Und du kannst nichts daran ändern, rein gar nichts, hast du das verstanden?« Sie hielt einen Augenblick in ihrer Schimpftirade inne, bevor sie fortfuhr: »Obgleich es natürlich stimmt, dass ich eine gute und barmherzige Königin bin. Nicht wahr?«

Hastig erhob sich in den Reihen ihres Volkes zustimmendes Gemurmel, bis sie erneut mit der Hand wedelte.

»Übrigens«, fügte sie dann mit hochnäsiger Miene hinzu, »warum seid ihr beiden nicht versteinert? Als Statuen würdet ihr mir nämlich bedeutend besser gefallen.«

Baldrian räusperte sich. »Sie hatten Talismane, Eure Majestät. Glücksbringer, die sie beschützt haben. Aber ich habe sie gezwungen, sie abzulegen«, fügte er stolz hinzu.

Ach, Baldrian, dachte Molly, musstest du ihr das jetzt verraten?

Langsam breitete sich ein Lächeln auf dem Gesicht der Königin aus. »Ach ja? Glücksbringer? Darauf hat sich auch der Trevarren-Mensch verlassen, als er uns hier entdeckt hat.« Sie kicherte leise. »Nicht, dass sie ihm am Ende besonders viel gebracht hätten!« Jetzt wirkte der Mund der Königin verkniffen, während sie Molly und Arthur aufgebracht anfunkelte. »Euch Menschen wird man einfach nicht los, was? Diese Insel hat uns gehört, bevor Trevarren hier hereinplatzte und mit seinen großen Füßen überall herumtrampelte. Er hat seine hässliche Nase in Angelegenheiten gesteckt, die ihn nichts angingen. Das war allein unsere Insel, und er hat sie uns weggenommen!«

»Das hat er bestimmt nicht … böse gemeint«, wiederholte Molly lahm. Aber insgeheim fragte sie sich, wie die Trolle und Meerjungfrauen und Teichwesen in diese Version der Geschichte passten. War es nicht auch ihre Insel?

»Ihr Menschen meint es wohl nie böse, wie?«

Es lief nicht so gut, wie Molly gehofft hatte – und sie hatte sich wirklich nicht viel Hoffnung gemacht. »Eure Majestät«, versuchte sie es erneut. »Ihr habt uns immer noch nicht erzählt, was Euch die Kinder getan haben. Wenn wir es wüssten, könnten wir es vielleicht wiedergutmachen.«

»Ihr?« Das königliche Gesicht verzog sich zu einer geringschätzigen Grimasse. »Niemand kann das je wiedergutmachen. Es ist das Allerschlimmste, das habe ich doch schon gesagt!«

»Ja, aber was denn nun genau?«, fragte Arthur. Er war mittlerweile ganz rot im Gesicht vor Ungeduld.

Die Königin reckte das Kinn und ballte die Fäuste.

»Sie haben mein Kind gestohlen! Das Menschenmädchen Melody Garland hat mir meinen Sohn geraubt!«

Wutentbrannte Finsterflinkstimmen erhoben sich in der ganzen Halle wie Glockengeläut. Ein Name tönte durch das Gewirr.

»Dorne!«

»Seiner eigenen Mutter haben sie Prinz Dorne gestohlen!«

»Unser Prinz wurde entführt!«

»Ein wehrloser kleiner Junge …«

»Dorne! Rache für Dorne!«

Molly schaute Arthur an. Das klang nicht gut. Das klang überhaupt nicht gut … Doch es ging um Jack, sie durften nicht aufgeben.

»Königin. Äh, Eure Majestät.« Molly presste die Hände fest aneinander, damit niemand das Zittern bemerkte. »Wir werden Dorne für Euch finden. Wir bringen das wieder in Ordnung, Ehrenwort. Ich habe Melodys Statue gesehen, sie war noch ganz klein – also, für einen Menschen.« Molly schluckte.

»Sie war um einiges größer als mein Sohn.« Die Stimme der Königin wurde bedrohlich tief, als sie von ihrem geraubten Kind sprach.

»Melody war garantiert nicht klar, was sie da tat, ganz bestimmt nicht!«, verteidigte Molly das unbekannte Mädchen. »Arthur und ich – wir finden Dorne für Euch. Lasst uns gehen, damit wir ihn suchen und alles wiedergutmachen können.«

»Ha!« Mit grollendem Blick raffte die Königin ihre Röcke. »Ihr, zwei Menschenbälger, wollt das schaffen, was mein gesamtes Volk und ich nicht geschafft haben? Dass ich nicht lache! Meine Finsterflinkwachen haben die gesamte Insel durchkämmt – die Insel, die wir so gut kennen wie kaum etwas anderes, die Insel, die uns gehört hat, bevor Trevarren kam und Unheil über uns brachte. Oh, meine Speerträger und Bogenschützinnen haben überall nach ihm gesucht, in jedem Kinderzimmer, in jeder Spielzeugkiste, in jedem Sandkasten und in jedem Garten. Und sie haben nichts gefunden. Nichts! Was also wollt ihr tun, das meine Wachen nicht schon längst getan haben?«, zischte sie.

Das wusste Molly auch nicht so genau, wenn sie ehrlich war, und so plötzlich, wie ihr Mut gekommen war, verließ er sie auch wieder. »Wir könnten …«

»Nein!«, rief die Königin. »Ich wollte den Menschen eine Lektion erteilen. Sie sollten am eigenen Leib erfahren, wie es sich anfühlt, ein Kind zu verlieren. Auf dieser Insel wird es nie wieder ein lebendiges Menschenkind geben. Nie wieder!«

Sie stolzierte gebieterisch die letzten Stufen herunter und funkelte Molly und Arthur zornig an, während ihre Wachen sich drohend um die Kinder herum postierten. Die Königin überragte Molly und Arthur in ihrem geschrumpften Zustand wie eine riesige, todbringende Feindin. Neben ihnen versank Baldrian in einer tiefen Verbeugung und wandte den Blick ab. Mollys Herz hämmerte.

»Einmal seid ihr meinem Fluch entkommen. Glück für euch und euren geheimnisvollen Beschützer.« Die Lippen der Königin verzogen sich zu einem humorlosen Lächeln. Sie hob die Arme und streckte die dünnen Klauenfinger. Licht brach knisternd aus den Spitzen hervor. Molly und Arthur wichen zurück, doch die Königin kam mit großen Schritten auf sie zu, bis sie so nah war, dass Molly dachte, sie würde sie an Ort und Stelle auffressen.

»Hoffentlich war es das wert, Menschenbälger. Und hoffentlich gefällt es euch hier.« Wieder blitzten ihre Fingerspitzen. »Denn hier werdet ihr von jetzt an bleiben – für immer!«

Die Luft neben Mollys Trommelfell explodierte mit einem Donnerschlag. Sie kniff fest die Augen zu und kauerte sich auf den Erdboden. Dieses Mal würde sie wirklich versteinert werden, das wusste sie. Würde sie überhaupt etwas spüren?

Das Dröhnen ließ allmählich nach, und Molly öffnete zögernd die Augen. Sie hatte schreckliche Angst vor dem, was sie gleich sehen würde. Verzweifelt drehte sie den Kopf und suchte nach Arthur. Ihre Kehle war wie zugeschnürt.

Er war weg. Ihr Cousin war verschwunden.

Dort, wo er gerade noch so trotzig gestanden hatte, war nur ein Wirbel aus grünem Rauch. Die Schwaden wurden blasser und grauer und ballten sich langsam zur Gestalt eines Jungen zusammen. Molly beobachtete, wie der Rauch immer dichter wurde, bis er beinahe fest aussah – und plötzlich war er das auch. Der Rauch hatte sich in Stein verwandelt, in eine Steinstatue von Arthur mit erschrockenen, weit aufgerissenen Augen.

»Neiiin!«, schrie Molly. »Was habt Ihr getan?«

Die Augen der Königin glühten. »Nur die Hälfte von dem, was ich eigentlich tun wollte. Wachen! Ergreift sie!«

Sofort hatten die Finsterflinkwachen Molly umzingelt und packten sie an den Armen. Der Hauptmann salutierte vor der Königin.

»Durchsucht sie! Ich will wissen, warum mein Zauber bei ihr nicht wirkt.«

Der Glücksbringerstein! Panik erfasste Molly. Sie würden ihn finden und ihr wegnehmen, und dann könnte nichts mehr die Königin davon abhalten, sie für immer zu versteinern.

Ein paar Rauchschwaden von Arthurs Verwandlung lagen noch in der Luft, und mit einem Mal sah Molly Jack vor ihrem inneren Auge, wie er sie im Flugzeug mit dem Münztrick hereingelegt hatte. Da kam ihr eine Idee. Sie holte tief Luft und fing an, jämmerlich zu keuchen und zu würgen. Nur Sekunden später hatte sie sich in einen der jähen, heftigen Hustenanfälle hineingesteigert, mit denen sie früher schon ihre Eltern abgelenkt hatte, wenn sie keinen Ärger bekommen wollte. Mit feuerrotem Kopf krümmte sie sich und röchelte so laut, dass die Wachen überrascht ihre Arme losließen.

Jetzt!

Molly schlug sich die Hände vor den Mund – in denen sich der Talisman verbarg, den sie unbemerkt aus der Tasche gezogen hatte. Nachdem sie den harten Kiesel sicher in ihrer Backe versteckt hatte, tat sie so, als würde sie sich wieder erholen, sog keuchend Luft in ihre Lunge und richtete sich auf.

»Entschuldigung«, presste sie hustend heraus. »Tut mir schrecklich leid.«

»Was steht ihr da herum? Wenn sie erst versteinert ist, wird sie nicht mehr so viel husten«, kreischte die Königin. »Los, durchsucht sie!«

Irgendwann würden sie den Talisman trotzdem finden. Verzweifelt zerbrach Molly sich den Kopf, was sie tun sollte, während die Wachen ihre Taschen leerten und mit den spitzen Krallen ihre Haare durchwühlten. Dann fiel ihr Blick auf Baldrian, der mit ängstlichem Gesicht neben der königlichen Festtafel stand.

Du hast es versprochen, dachte sie angestrengt und fixierte ihn. Wir hatten eine Abmachung!

Baldrian blinzelte, als wäre ihm sein Versprechen gerade erst wieder eingefallen. Er schaute hastig nach rechts und links und hoch zur Königin, die immer noch wutentbrannt Molly anstarrte. Seine dürren Zweigfinger zitterten, und er ballte und öffnete sie abwechselnd. Dann, mit einem ziemlich feindseligen Blick in Richtung Molly, schmiss er die Festtafel um.

Eicheln und Knospen flogen durch die Luft, Nüsse zerbrachen in tausend Stücke, und winzige Früchte zerbarsten auf dem Boden. Die versammelten Finsterflinks schrien erschrocken auf, auch Baldrian, der mit gespieltem Entsetzen die Hände auf die Wangen presste. Die Königin wirbelte herum, um zu erfahren, was passiert war, stolperte und rutschte auf dem Saft von hundert zerplatzten Kirschen aus. Geistesgegenwärtig stürzten die Wachen zu ihrer Königin, um sie aufzufangen, bevor sie fiel.

Baldrian hatte Molly zu ihrer Chance verholfen. Sie stürmte los zum Tunnel, rannte Tische um und blieb nur kurz stehen, um Arthurs Hand zu streicheln.

»Ich komme wieder«, flüsterte sie ihm entschlossen zu. »Ich hole dich hier raus!«

Dann sprintete sie weiter. Ihr Herz raste.

»Ihr nach!« Die Stimme der Königin übertönte den Tumult. »Das Menschenmädchen entkommt! Hinterher!«

9

Ein ganzes Geschwader von Finsterflinkwachen flog zum Tunneleingang, um Molly den Weg abzuschneiden. Obwohl ihre Zauberkünste Molly dank des Talismans nichts anhaben konnten, waren ihre Dornenspeere gefährlich scharf. Schlitternd kam sie zum Stehen, wich zurück und lief nach links. Doch auch von dort kamen ihr die Finsterflinkwachen entgegen. Sie waren überall, brüllten und versperrten ihr den Fluchtweg. Den Gang, der Molly in die Höhle gebracht hatte, konnte sie unmöglich erreichen. Sie würde also einen anderen Weg nach draußen finden müssen. Panisch stürmte sie eine schmale Holztreppe hinauf und hechtete in den erstbesten Tunnel.

Das grüne Licht war hier viel gedämpfter, und Molly stolperte mehrmals über Wurzeln und Steine. Aus Angst, dass sie hinfallen und ersticken könnte, spuckte sie den Talisman in ihre Hand und umschloss ihn fest. Hinter sich hörte sie schwaches Fußgetrappel, das ihr nur allzu bekannt vorkam, und hohe Stimmen, die Alarm schlugen.

»Halt!«, schrie jemand so dicht neben ihr, dass Molly strauchelte, doch als sie sich umblickte, war kein Finsterflink hinter ihr. Sie presste die Hände auf die Ohren, als die Stimme wieder loskreischte: »Ich verwandle dich zu Stein und hänge deinen Kopf an die Palastwand!«

Es war die Königin – und sie brüllte in Mollys Kopf! Molly schauderte, blieb aber nicht stehen. Der Tunnel teilte sich vor ihr, und einen Augenblick lang zögerte sie. Sie war nicht einmal in der Nähe des Gangs, der zur Höhle am Strand führte. Was, wenn sie sich verirrte und dann für immer unter der Erde gefangen war, mit der Königin, die in ihrem Kopf herumschrie? Das wäre noch schlimmer, als versteinert zu werden!

Sie holte tief Luft und nahm die rechte Abzweigung, die, die steiler anzusteigen schien. Aber wieder teilte sich der Tunnel, dieses Mal in drei Gänge, und Molly entschlüpfte ein leiser Verzweiflungsschrei.

»Was jetzt?«, schluchzte sie auf.

»Halt, im Namen der Königin!« Eine Finsterflinkwache trat aus der Dunkelheit und hielt den Speer auf sie gerichtet. Die Spitze des geschärften Dorns glänzte.

»Vergiss es!«, blaffte Molly. Sie schäumte vor Wut. Sie sprang nach vorn und packte den Schaft des Speers, was den Flink so überraschte, dass er rückwärtstaumelte. Ein heftiger Schubs brachte ihn zu Fall, und schon war Molly an ihm vorbei und rannte keuchend weiter.

Er hatte den mittleren Tunnel bewacht, also war das bestimmt der richtige. Molly hoffte es zumindest, denn jetzt gab es kein Zurück mehr. Sie hörte ihn nach Verstärkung rufen, kümmerte sich allerdings nicht weiter darum: All ihre

Energie war auf die Flucht gerichtet. Der Boden unter ihren Füßen stieg jetzt noch steiler an, und ihr Atem kam in heftigen Stößen.

»Du kannst mir nicht …«, kreischte die Königin in Mollys Kopf, doch sie verstummte jäh, als Molly um eine Ecke bog und das grüne Licht von hellem Sonnenschein verdrängt wurde. Mit einem erleichterten Schluchzer stürzte sie ins Freie.

Schnaufend blieb sie stehen und schaute sich um. Eine Woge der Verzweiflung erfasste sie, so heftig, dass ihr übel wurde. Sie war zwar draußen, aber die feuchte Luft stank nach Fäulnis und Verwesung. Schlimmer noch, sie war von einem großen Steinturm umgeben, einer Wand ohne Lücke. Es gab überhaupt keinen Ausgang. Außerdem hatte Molly das Gefühl, irgendetwas würde sich ihr nähern. Die Wand … die bewegte sich doch wohl nicht, oder?

Tränen traten ihr in die Augen. War sie nach all den Anstrengungen etwa in eine Falle gelaufen?

Sie drehte sich um die eigene Achse, ihr Herz raste. War das nur eine optische Täuschung? Nein, die Steinwand um sie herum kam definitiv näher, und das schnell. Angst packte sie, und sie war wie erstarrt. Das war eine Falle, und die würde sie zu Tode quetschen!

»Neiiin!«, schrie sie.

Die Panik ließ ihre Glieder wieder lebendig werden. Molly warf die Arme nach vorn und stemmte sich verzweifelt gegen die näher rückenden Wände.

Das ist doch sinnlos, dachte sie, sinnlos und völlig hoffnungslos!

Rauer Stein scheuerte schmerzhaft über ihre Handflächen. Er hatte etwas Vertrautes an sich, etwas, dass Molly vorher schon einmal gefühlt hatte, vor kurzem erst …

Plötzlich hielt die Wand an. Sie drückte nicht länger gegen ihre Hände, so dass Molly einfach nur an ihr lehnte, jetzt, da sie so nah war. Sie schob sich leicht zurück und ließ die Finger über den reglosen Stein wandern. Als sie erkannte, wo sie war, wäre sie vor Erleichterung fast auf die Knie gesunken.

Der Brunnen! Ich bin im alten Brunnen!

Jetzt bemerkte sie auch, dass die Wände sich gar nicht bewegt hatten – sie selbst war gewachsen, bis sie wieder ihre normale Größe erreicht hatte! Molly legte den Kopf in den Nacken. Ja, über ihr schien die blasse Morgensonne.

Ist es schon Morgen?, dachte sie erschrocken. Dann war ich die ganze Nacht unter der Erde!

Zitternd bückte sie sich, um ihren Talisman aufzuheben, und verstaute ihn sicher in der Tasche. Sie würde also doch nicht zerquetscht werden. Aber was sollte sie jetzt tun? Sie war wieder groß genug, um es mit jeder beliebigen Anzahl von Finsterflinkwachen aufzunehmen, ob mit oder ohne Rosendornspeer, aber wie zur Hölle sollte sie aus dem Brunnen herauskommen?

Ratlos trat Molly auf der Stelle, als sie plötzlich ein Rasseln über sich hörte. Irgendetwas bewegte sich vor der Sonnenscheibe.

Dieses Etwas senkte sich zu ihr herab und schepperte gegen die Steinwand. Kurze Zeit später landete der Brunneneimer klappernd vor ihren Füßen.

Das Gesicht, das sich weit oben ängstlich über den Rand beugte, war nur ein entfernter dunkler Fleck, doch Molly erkannte den kraushaarigen Heiligenschein.

»Miss Badcrumble!«, rief sie erleichtert.

»Schnell, schnell, Liebes! Hinein in den Eimer!«

Molly klammerte sich entschlossen an die Kette, während Miss Badcrumble sie langsam nach oben holte. Dort angekommen, packte Molly die Hand der alten Flink und ließ sich von ihr zum Brunnenrand ziehen, dann griff sie nach der Kurbelstange und kletterte vorsichtig auf den Steinring. Es fühlte sich großartig an, endlich wieder festen Boden unter den normal großen Füßen zu haben. Molly schüttelte sich und klopfte Sand und Erde und Moos von ihren Kleidern.

»Gott sei Dank, Liebes, dir ist nichts passiert! Aber wo ist Ar–«

»Arthur ist versteinert worden«, berichtete Molly mit grimmiger Miene. »Er musste seinen Talisman zurücklassen, und die Königin hat ihn in eine Statue verwandelt.«

»Ach, der arme Junge!« Miss Badcrumble knetete ihre Hände in den zerschlissenen Handschuhen. »Das tut mir so leid, Liebes.«

»Nicht doch, Miss Badcrumble! Sie haben uns ja gewarnt. Es ist nicht Ihre Schuld. Wir mussten es versuchen.« Molly nahm die Hände der alten Frau und drückte sie. Die Handschuhfinger hatten sich schon wieder verheddert, und Molly half ihr beim Entwirren. »Woher wussten Sie eigentlich, wo ich bin?«, erkundigte sie sich.

»Das wusste ich nicht.« Miss Badcrumble wurde rot. »Ich komme nur ab und zu hierher und spiele Mäuschen. Manchmal habe ich schrecklich Heimweh, und wenn ich ganz, ganz leise bin, kann ich hören, wie die Flinkwachen sich streiten oder Witze erzählen. Ich finde ihre Witze zwar nicht besonders lustig, aber immerhin ...« Sie zog einen Stapel steifes Papier aus der Tasche und flüsterte: »Außerdem dachte ich, ich sollte vielleicht die Fotos zurück in den Brunnen legen. Nur für den Fall, dass ihr ... du weißt schon ... dass ihr nicht zurückkommt.«

»Aber ich bin ja wieder da. Und Arthur wird auch bald zurück sein.« Molly tätschelte beruhigend einen ihrer Wollhandschuhe. »Hören Sie, wir haben tatsächlich herausgefunden, wie wir den Kindern helfen können. Ich weiß jetzt, was wir tun müssen!«

»Wirklich?« Miss Badcrumble blinzelte überrascht.

»Ja! Ich weiß nur noch nicht genau, wie ich es anstellen soll.« Molly presste die Lippen entschlossen zusammen. »Ich muss Dorne finden, den Finsterflinkprinzen. Die Königin sagt, dass ein Kind aus dem Dorf ihn entführt hat.«

»Herrjemine!« Miss Badcrumble setzte sich auf den Brunnenrand und schwankte so stark, dass Molly vorsichtshalber nach ihrem Arm griff. »Prinz Dorne? Entführt? Kein Wunder, dass die Königin so wütend ist.«

Molly nickte. »Haben Sie nicht gerade gesagt, Sie hätten die Fotos dabei?«

»Ja, ich …« Miss Badcrumbles Wangen nahmen einen noch leuchtenderen Rotton an. »Ich dachte, ich würde meinen Zauber niemals aufheben können. Deswegen wollte ich die Kinder zurück in ihr sicheres Versteck bringen. Also, ihre Fotos zumindest.«

Ein erleichtertes Lächeln zuckte über Mollys Lippen. »Zum Glück. Ich bin wirklich froh, dass Sie hier waren.«

»Ich auch, Liebes«, sagte Miss Badcrumble mit fester Stimme.

Molly nahm den Stapel Fotos, den die alte Frau ihr hinhielt, und blätterte ihn durch, bis sie das Bild fand, nach dem sie suchte. »Hier! *Melody Garland.* Das ist das Mädchen, das Prinz Dorne entführt hat. Sie ist die Tochter von Sergeant Garland, oder? Arthur und ich haben ihre Statue gesehen.«

»Die kleine Melody? Ja, genau.« Miss Badcrumble lächelte. »Ein süßer kleiner Satansbraten!«

»Na, das ist sie ganz sicher«, sagte Molly trocken. »Überlegen Sie nur, was für einen Haufen Schwierigkeiten wir wegen ihr haben.« Sie seufzte. »Jetzt müssen wir sie nur wieder aus der Welt schaffen …«

»Ich dachte, die Finsterflinks hätten schon überall gesucht?« Miss Badcrumble beäugte skeptisch die hellen Blumenkörbe und das blauweiße Schild mit der Aufschrift *POLIZEI.*

»Schon. Aber irgendwo müssen wir ja anfangen.« Molly stieß das kleine Holztor auf.

Im Garten standen, wie am Tag zuvor, das rätselhafte ungenutzte Trampolin und die Statue eines lachenden kleinen Mädchens im Schneidersitz. Molly blieb vor ihm stehen und strich ihm über das Haar.

»Hallo, Melody!«, murmelte sie. »Ich wünschte, du könntest sprechen. Dann könntest du uns einfach sagen, wo du Dorne hingebracht hast.«

Natürlich gab die Statue keine Antwort, sondern lachte nur weiter stumm vor sich hin im warmen Schein der Morgensonne. Miss Badcrumble schüttelte traurig den Kopf und folgte Molly zur Tür der Polizeiwache.

»Guten Morgen, Miss Badcrumble – und Molly!« Sergeant Garland strahlte sie an. Mollys Missetat mit dem eingebildeten Bruder schien längst vergessen. »Was kann ich für euch tun? Es geht doch hoffentlich nicht um ein Verbrechen, an einem so schönen Morgen?«

»Ich … ich befürchte, schon.« Miss Badcrumbles Stimme zitterte, und Molly hoffte, sie würde sie nicht im Stich lassen, schließlich war es eine absolute Notlüge. »Bei mir wurde eingebrochen!«

Jetzt wirkte Sergeant Garland allerdings ehrlich verblüfft. »Eingebrochen? So was ist auf Ravenstorm das letzte Mal vor zwanzig Jahren passiert! Und damals war es am Ende doch nur ein Versehen.«

»Nun, ich befürchte, diesmal ist es wahrhaftig passiert.«

Miss Badcrumbles Stimme wurde fester. »Darf ich reinkommen und Ihnen die ganze Geschichte erzählen?«

»Natürlich!« Sergeant Garland öffnete die Tür, um sie beide hereinzulassen. »Das war bestimmt ein Schock für Sie, Miss Badcrumble. Setzen Sie sich doch schon einmal ins Wohnzimmer – hier in den Sessel«, sagte sie. »Ich hole solange die Formulare. Die liegen drüben im anderen Aktenschrank. Es ist ewig her, dass ich sie zuletzt gebraucht habe.« Sergeant Garland schüttelte den Kopf. »Molly, kümmere du dich bitte um Miss Badcrumble. Sie hatte einen Schock!«

Sobald Sergeant Garland sich abgewandt hatte, tätschelte Miss Badcrumble Mollys Hand. »Es geht schon wieder, Liebes«, sagte sie schwach.

»Aber ja.« Molly musste ein Lachen unterdrücken. Die Lügerei hatte Miss Badcrumble so mitgenommen, dass sie wirklich aussah wie ein Einbruchsopfer. Sie beugte sich vor und flüsterte: »Ich wollte mich doch hier umschauen, wissen Sie nicht mehr?«

»Oh … ja, ja! Natürlich!« Miss Badcrumble wurde wieder tiefrot und fächelte sich mit ihren Handschuhen Luft zu. »Ich dumme alte Flink. Geh nur! Ich … halte hier die Stellung.«

Molly blickte sich eilig um. Sie würde nicht viel Zeit haben, bis Sergeant Garland zurückkam. Hoffentlich war der letzte Einbruch so lange her, dass die Formulare ganz unten im Schrank vergraben waren. Auf Zehenspitzen schlich

Molly zurück in die Diele und huschte dann den Flur entlang.

Sie suchte nach einem Kinderzimmer. Miss Badcrumbles Zauber hatte vermutlich alle Sachen von Melody verschwinden lassen, genau wie bei Jack, aber vielleicht fand sie trotzdem irgendeinen Hinweis darauf, wo der Flinkprinz versteckt war.

Zuerst kam sie an einem ordentlich aufgeräumten Schlafzimmer vorbei. Sie sah gestreiftes Bettzeug und eine antike Nachttischlampe aus Messing. Daneben lag ein Stapel Bücher, Krimis und Gesetzbücher, und ganz oben eine Tageszeitung vom Festland mit einem halb ausgefüllten Kreuzworträtsel. Das war eindeutig Sergeant Garlands Zimmer, nicht das ihrer Tochter. Molly schloss die Tür leise wieder.

Als Nächstes fand sie ein Badezimmer mit einer riesigen Badewanne und einem Wäscheschrank, der nach frischen Laken und Lavendel roch. Molly runzelte die Stirn, als sie auch diese Tür wieder schloss. Von hier an erstreckte sich die Wand ohne weitere Unterbrechungen bis zum Ende des Flurs.

Es war wie verhext. Das konnte nicht sein! Ein ganzes Zimmer konnte doch nicht einfach so verschwinden. Sergeant Garland hatte eine kleine Tochter gehabt, ob sie sich nun an sie erinnerte oder nicht, das bewies die Statue im Garten. Aber wo hatte Melody geschlafen? Was zum Teufel war mit ihrem Zimmer passiert? Molly blinzelte.

Da war etwas …

Sie erstarrte und blinzelte erneut. Das war ein Lichttrick, eine optische Täuschung, wie in den Zaubershows ihrer Eltern. Wenn sie auf die nackte Wand dort vor sich schaute, sah sie im ersten Moment nur Wand, im nächsten jedoch eine weiße Tür.

Ihre Mum hatte ihr einmal ein Buch zu Weihnachten geschenkt, in dem jede Seite mit einem seltsamen gleichförmigen Muster bedruckt war. Man musste es ganz fest anschauen, bis langsam ein Bild daraus hervorstieg. Der Trick dabei war, die Augen starr werden zu lassen und auf einen Punkt direkt hinter dem Bild zu richten.

Genau das tat sie jetzt: Molly fixierte einen Punkt hinter der Wand – und siehe da, etwas flackerte in ihrem Blickfeld. Da, eindeutig eine Tür! Und in der Mitte hing ein buntes Holzschild, das mit flatternden Feen bemalt war.

Melodys Reich, las Molly.

Sie streckte die Hand nach dem Messinggriff aus, bevor die Tür wieder verschwinden konnte. Miss Badcrumbles Vergessenszauber beinhaltete wohl auch, die Zimmer der Kinder zu verstecken. Vielleicht hatte Masons Talisman Molly geholfen, den Zauber zu durchschauen. Sie schloss die Finger um den Griff und drückte die Tür auf.

Bingo! In diesem Zimmer war alles pink und glitzerte. In einer Ecke stand ein prunkvolles Spielzeugschloss, in dem Ritter, Prinzessinnen und Zauberer wohnten. Papierfeen tanzten an den Wänden und auf dem plüschigen Lampenschirm. Auf dem Bett mit dem Blumenbezug lag eine

Prinzessinnenpuppe mit Haaren aus gelber Wolle und einem Rüschenkleid aus Glitzerstoff. Es gab auch Bücherregale, voll mit Geschichten über Meerjungfrauen und Drachen und Kobolde. Auf dem Fensterbrett bäumte sich ein stattliches weißes Porzellaneinhorn auf. Die Scheibe dahinter war mit Sternen und Monden übersät.

Molly stieß pfeifend die Luft aus. Ihr eigenes Zimmer hatte nie so ausgesehen, selbst als sie in Melodys Alter gewesen war. Trotzdem hatte es viele Sterne und Monde und Zaubersachen gegeben, manche davon Spielzeug, manche richtige Requisiten, die ihre Mutter und ihr Vater dort gelagert hatten. Wenn sie sich hier umschaute, konnte sie sich vorstellen, wie begeistert Melody gewesen sein musste, ein echtes kleines Zauberwesen zu finden. Die Finsterflinks sahen nämlich wirklich aus, als wären sie geradewegs aus einem Märchenbuch geflattert.

Ich frage mich, was Arthur wohl für ein Zimmer hatte, als er klein war, schoss es ihr durch den Kopf.

Es war schon komisch, so über ihren Cousin nachzudenken, bei dem schwierigen Start, den ihre Freundschaft gehabt hatte. Wie viel sich doch in nur ein, zwei Tagen verändert hatte! Molly vermisste Arthur auf einmal ganz schrecklich.

Tut mir leid, dass du bei diesem Teil des Abenteuers nicht dabei sein kannst, Arthur …

Molly schlich sich zu dem Schloss hinüber, fand jedoch keinen Finsterflinkprinzen darin, sondern nur winzige Edeldamen und Miniritter aus Plastik. Die Schubladen der pinkfarbenen Kommode waren voll bis obenhin mit ordentlich gefalteten Kleidern, genau wie der Schrank. Unter dem Bett lag gar nichts, und in den Spielzeugkisten waren nur noch mehr Plastikfiguren und eine große Puppensammlung. Auf dem Nachttisch stand eine hübsche Lampe, außerdem lagen hier weitere Märchenbücher und ein Stapel Buntstiftzeichnungen. Molly hob die Bettdecke und das Kopfkissen an, aber auch darunter verbarg sich kein verschollener Prinz. Nun stand sie in der Mitte des Zimmers und sah sich ratlos um. Wo zum Teufel könnte Melody Prinz Dorne versteckt haben?

»Ach du liebe Zeit, es tut mir so leid«, hörte sie Miss Badcrumbles hohe nervöse Stimme am anderen Ende des Flurs rufen. »Was bin ich doch für eine dumme alte Fli… äh, Frau. Ich glaube, ich habe sie gefunden.«

»Ihre Uhr? Sind Sie sicher?« Eine Tür fiel zu und dämpfte Sergeant Garlands Antwort.

Ich muss los, dachte Molly resigniert. Und sie hatte rein gar nichts gefunden! Wie sollte sie jetzt Jack und Arthur und die anderen Kinder befreien? Die Königin mit dem eiskalten Herzen würde sie bestimmt nicht einfach so gehen lassen.

Molly warf einen letzten verzweifelten Blick durch das Zimmer. Noch ein Versuch, dachte sie. Schnell huschte sie zum Fenster und tastete erst die doppellagigen Vorhänge ab, dann die Vorhangstange. Draußen direkt unter dem Fenster kroch eine Kletterpflanze mit spitzen schwarzen Dornen die Hauswand hoch.

Dornen … hatte der Prinz vielleicht eine Vorliebe für Stacheliges? Wenn Melody ihn mit in ihr Zimmer genommen hatte, hatte er womöglich den Strauch erkunden wollen und sich dabei in den verschlungenen Stängeln und Blättern verfangen …

Es musste einen Versuch wert sein, denn etwas anderes fiel Molly nicht ein. Sie schob vorsichtig das Fenster auf, sorgsam darauf bedacht, dass es nicht quietschte. Frische Luft strömte herein und verbreitete den Duft von Ginster und gemähtem Gras im Zimmer. Sie fühlte sich herrlich kühl an auf ihren vor Angst und Enttäuschung erhitzten Wangen. Aber als Molly hastig die Blätter anhob und die dornigen Ranken der Kletterpflanze untersuchte, fand sie auch hier nichts, keinen Prinzen und keinen Ort, an dem Melody ihn hätte einsperren können.

Ich habe versagt …

Hinter ihr raschelte es. Molly wirbelte herum, und ihr Herz machte einen hoffnungsvollen Hüpfer, aber da war kein kleiner Flink, der aus seinem Versteck kroch, da waren nur die Zeichnungen auf dem Nachttisch, deren Ecken im Wind flatterten. Eines der Bilder wurde jäh hochgeweht und drehte sich, bevor es auf dem Teppich landete.

Molly schloss schnell das Fenster und bückte sich, um es aufzuheben. Ihre Augenbrauen zogen sich neugierig zusammen.

Auf der Zeichnung war ein Strichmännchen mit grünen Glitzerflügeln, daneben eine hohe weiße Säule mit einer gelben Spitze, um die herum noch mehr Glitzer klebte. Molly berührte den funkelnden Staub mit der Fingerspitze. Plötzlich schnappte sie nach Luft.

»Der Leuchtturm!«, flüsterte sie.

Vom Ende des Flurs drang Miss Badcrumbles Stimme zu ihr. »Sie war die ganze Zeit da.« Die alte Frau schrie beinahe. »Ach, es tut mir so leid, Sergeant Garland!«

Das war's, die Zeit war endgültig um. Molly faltete die Buntstiftzeichnung und steckte sie in die Tasche, bevor sie aus dem Zimmer schlüpfte und leise die Tür hinter sich zuzog. Als sie über die Schulter blickte, sah sie, wie die Tür mit dem bunten Schild sich langsam wieder auflöste, bis sie ganz verschwunden war. Genau wie der Nebel.

Schaudernd lief Molly zum Wohnzimmer zurück, wo Sergeant Garland mit einem Stapel Formulare in der Hand und einem ziemlich überraschten Ausdruck auf dem Gesicht stand.

»Molly! Wo kommst du denn …?«

»Ich musste nur kurz aufs Klo«, log Molly und versuchte, nicht rot zu werden.

Bevor Sergeant Garland noch eine weitere Frage stellen konnte, stammelte Miss Badcrumble schon einen Schwall Entschuldigungen: »Ich habe Sergeant Garlands Zeit verschwendet, Molly. Und deine auch! Es tut mir schrecklich leid. Meine Uhr war die ganze Zeit in meiner Tasche. Ich muss sie gestern Abend im Halbschlaf dort hineingesteckt haben. Du liebes bisschen.«

Molly schaute Miss Badcrumble dankbar an. »Ach, machen Sie sich keine Gedanken, Miss Badcrumble. So etwas passiert schon mal. Ich bin nur froh, dass Sie Ihre Uhr noch haben.«

»Richtig.« Sergeant Garland schielte auf ihr eigenes Handgelenk, als sehne sie sich danach, endlich an ihren Schreibtisch zurückkehren zu dürfen. Sie wirkte ein winziges bisschen enttäuscht, dass es keinen echten Einbruch gegeben hatte, aber sie lächelte Miss Badcrumble an. »Schön, dass Sie nun doch nicht in unserer Kriminalstatistik auftauchen. Und scheuen Sie sich bitte niemals, sich an mich zu wenden. Dafür bin ich ja da.«

Und das war der Unterschied zwischen einer alten Dame mit einem eingebildeten Einbruch und einem zwölfjährigen Mädchen mit einem eingebildeten Bruder, dachte Molly und seufzte innerlich auf.

»Auf Wiedersehen, Sergeant Garland. Entschuldigen Sie nochmals. Und danke!«

Sobald die Tür der Polizeiwache hinter ihnen zugefallen war, packte Molly Miss Badcrumble an der Hand und zerrte sie den Gartenweg entlang. Kaum waren sie auf der Straße, fing sie an zu rennen.

»Ach du meine Güte, Liebes. Warum in aller Welt hast du es denn so eilig?« Miss Badcrumble hielt ihre Strubbelmähne fest, als hätte sie Angst, sie könnte davonfliegen.

»Ich glaube, ich weiß, wo Dorne ist!«, rief Molly über die Schulter. »Kommen Sie!«

Ihre Aufregung wirkte wohl ansteckend, denn die alte Frau raffte die wallenden Röcke und folgte ihr, so schnell sie konnte. Sie sprinteten aus dem Dorf und direkt hinauf zum Kliff. Als der Leuchtturm endlich in Sichtweite kam, waren sie beide knallrot und keuchten vor Anstrengung.

»Hier?« Miss Badcrumble starrte den Turm mit aufgerissenen Augen an.

»Das hoffe ich zumindest.« Eine andere Idee habe ich nämlich nicht, fügte Molly in Gedanken hinzu. Laut sagte sie: »Schauen Sie, Miss Badcrumble!«

Zögernd nahm die alte Frau das Blatt Papier entgegen, mit dem Molly herumwedelte. »Das ist doch nur eine Zeichnung …«

»Ja genau – eine Zeichnung von einem Flink in einem Leuchtturm«, erwiderte Molly, die ihre Freude kaum verbergen konnte. »Sehen Sie dieses große weiße Ding hier? Und den ganzen Glitter!«

»Ach, Liebes!« Mit zusammengekniffenen Augen betrachtete Miss Badcrumble das Bild von allen Seiten. »Ich hoffe wirklich, dass du recht hast.«

Sie liefen die Steintreppe hinauf, und Molly stemmte sich mit aller Kraft gegen die Leuchtturmtür, bis sie knirschend aufging. Drinnen war es genauso kühl und schummerig wie beim letzten Mal, und es herrschte wieder diese seltsame gespenstische Stille, die den Rest der Welt auszusperren schien.

Molly schaute sich hektisch um, bevor sie den Fuß auf die unterste Stufe der Wendeltreppe stellte.

»Kommen Sie, da oben!«

Miss Badcrumble schüttelte den Kopf und wich ängstlich einen Schritt zurück in Richtung Tür, wobei sie fast über eine der staubigen alten Kisten fiel. »O nein, Liebes. Nein, nein, da kann ich nicht hoch, auf gar keinen Fall.«

Der Handlauf unter Mollys Fingern war kalt und hart und rau vom Rost. Natürlich – Miss Badcrumble war allergisch gegen Eisen.

»Dann warten Sie hier auf mich. Ich schaue mich oben im Lampenhaus um.«

Molly stieg die Treppe hinauf. Ihre Turnschuhe quietschten auf den Stufen. Ihr Herz raste wie verrückt, und das nicht nur, weil sie wie die Berserker hierhergerannt war. O bitte, lass mich recht haben, betete sie im Stillen. Ich weiß nicht, wo wir sonst noch suchen sollen.

Ihr Kopf ragte schon in das Lampenhaus hinein. Sie nahm die letzten Stufen und stand dann mucksmäuschenstill. Bildete sie sich dieses leise Sirren nur ein? Es klang wie eine panische Motte.

»Dorne?«, rief Molly mit sanfter Stimme. »Dorne?«

Etwas schwirrte an ihrem Ohr vorbei. Reflexartig schlug sie mit der hohlen Hand darauf.

»Dorne? Hab keine Angst!«

Wieder hörte sie es summen, sah aus den Augenwinkeln Flügel flattern – grün und silbern und türkisblau, wie bei einer Libelle – und fühlte einen stechenden Schmerz an der Wange, als hätte eine Biene sie gestochen.

»Au!«, japste sie. »Dorne? Bist du das?«

Das fliegende Etwas sirrte erneut an ihr vorbei, prallte heftig gegen das Glas der Laterne und zischte in die andere Richtung davon. Einen Moment lang konnte Molly ihn deutlich erkennen. Er war winzig, gerade einmal so groß wie Mollys kleiner Finger. Verglichen mit den anderen Finsterflinks sah er aus wie ein ungefähr dreijähriges Kind, aber seine Züge waren nicht weniger magisch: tiefschwarze Augen wie die der Königin, überlange Beine und schillernde Libellenflügel. Sein Gesicht war zu einer zornigen Grimasse verzerrt, und er stieß ein winziges hohes Kreischen aus, wie ein Kleinkind bei einem schlimmen Wutanfall. Molly erinnerte sich, dass sie sich gestern im Leuchtturm gefühlt hatte, als würde sie beobachtet werden.

»Dorne!« Molly streckte die Hand nach dem kleinen Prinzen aus, doch der Flink schoss mit atemberaubender Geschwindigkeit davon – keine Chance, ihn zu schnappen oder ihm auch nur mit den Augen zu folgen. Nur das Flüstern seiner Flügel verriet Molly, dass er wieder hinter die Laterne geflohen war. Schnurstracks rannte sie um die Galerie und stieß dabei eine leere Schüssel mit Milchspuren um. Es schepperte laut. Molly hielt inne. Hatte Melody sie hierhin gestellt, damit Dorne etwas zu trinken hatte? Außerdem fiel ihr ein kleines Bett in einem Blumenkorb auf, der mit Flanellstoff ausgelegt war und über der Laterne hing.

Zumindest hatte er es einigermaßen bequem, dachte Molly und sah sich erneut nach dem Finsterflinkprinzen um.

»Ich tu dir nichts, Dorne! Ich bringe dich zurück zu deiner Mama! Na komm schon, kleiner Mann!«

Doch mit einem Flügelschlag war Dorne um Mollys Kopf herumgeflogen, prallte gegen die Laterne und sirrte wieder davon. Egal wie oft sie sich anschlich und auf ihn stürzte, der winzige Prinz schoss hoch und runter und kreuz und quer durch das Lampenhaus und entwischte ihr ein ums andere Mal.

»Molly?« Miss Badcrumbles Stimme schallte die Wendeltreppe herauf. »Molly, Liebes, er hat Angst!«

»Ich weiß! Ich versuche ja, ihn zu beruhigen, aber er hört mir einfach nicht zu!«, rief Molly zurück.

»Das liegt am Eisen, Liebes. Er hat Angst vor dem Eisen. Da oben ist so viel davon, ich kann es spüren!«

Nach Atem ringend, lehnte Molly sich an das Geländer und bemühte sich, Dornes wütendes, verängstigtes Geschwirr zu verfolgen. »Und was soll ich tun?«

»Von Eisen wird uns schrecklich schwindelig und schlecht. Du musst ihn fangen und da rausholen!«

»Wenn's weiter nichts ist«, murmelte Molly vor sich hin, als sie wieder nach den vorbeizischenden Libellenflügeln haschte. »Das versuche ich ja!«, rief sie laut.

Sie verschnaufte kurz, kaute auf ihrer Unterlippe herum und dachte angestrengt nach. Dorne war viel zu schnell, um ihn mit den Händen zu fangen. Aber anscheinend blieb ihr nichts anderes übrig. Sie schlüpfte aus den Ärmeln ihrer dünnen Jacke.

»Ganz ruhig, Dorne. Ich verspreche dir, ich werde dir nicht weh tun.«

Wieder hörte sie das schrille Wimmern. Und war da nicht auch ein winziges silberiges Keuchen? Molly schlich vorsichtig um das Geländer herum, das die Laterne umgab. Da, ein Glitzern! Sofort schnappte sie mit einer Hand danach, aber natürlich schwirrte Dorne sofort um die Galerie und außer Reichweite.

Doch dieses Mal war Molly vorbereitet. Sie wirbelte herum, breitete ihre Jacke aus und warf sie auf den kleinen Finsterflink. Die Jacke schloss sich um ihn und plumpste zu Boden. Mit einem Satz war Molly dort.

Geschafft! Das winzige Wesen war in den Stofffalten gefangen und zappelte panisch.

Achtung jetzt! Keine falsche Bewegung, sonst ist er wieder weg!

So behutsam, wie sie nur konnte, raffte Molly die Jacke um Dorne. Sie spürte, wie er verzweifelt versuchte zu entkommen. Als sich seine messerscharfen Minizähne in ihre Finger graben wollten, riss sie die Hände zurück, aber der Prinz war ohnehin viel zu klein, um sich freizukämpfen. Molly drückte die zuckende Jacke fest an die Brust und stieg langsam die Wendeltreppe hinunter. Sie hatte so viel Angst zu stolpern, dass sie es nicht einmal wagte, Miss Badcrumble einen Blick zuzuwerfen, während sie ihr kostbares Bündel durch die Tür ins Freie trug.

»Du hast ihn erwischt!« Miss Badcrumble war dicht hinter ihr und klang ganz atemlos.

»Ja. Ach, Dorne, halt doch endlich still! Okay, bitte flieg jetzt nicht weg.« Sehr, sehr vorsichtig schlug Molly die Jacke zurück, bis ein winziger Kopf zum Vorschein kam. Zwei kleine Hände folgten, die sich an den Stoff klammerten, während der Flinkprinz Molly ehrfürchtig anstarrte. Er war offensichtlich wieder bei Sinnen, jetzt, wo er sich außer Reichweite von all dem Eisen im Leuchtturm befand.

Molly wagte es, dem kleinen Wesen mit dem Daumen über den Kopf zu streicheln. Die Haare waren daunenweich und ganz fein, schwarz und mit silbernen Strähnen durchzogen wie die seiner Mutter. Dorne blinzelte Molly an, und die wütend zusammengekniffenen Augen weiteten sich vor Schreck. Sie wirkten riesig in seinem winzigen Gesicht. Während Molly ihn weiter behutsam festhielt, öffnete sie die Jacke noch ein Stück. Das Herz des Flinks schlug ihm bis zum Hals. Molly konnte sehen, wie sich der kleine Brustkorb unter dem zerbrechlichen Blätterhemd heftig hob und senkte. Trotzdem schien Dorne sich allmählich zu beruhigen. Sein Blick huschte zu Miss Badcrumble, dann zurück zu Molly, und auf einmal stieß er ein herzhaftes Gähnen aus, das seine Nadelzähnchen zeigte. Seine Augenlider wurden sichtlich schwer, und ein paar Sekunden später war er eingeschlafen.

»Der arme Kleine!«, flüsterte Molly. »Er muss völlig erschöpft sein.«

Miss Badcrumble knetete ihre behandschuhten Finger. »Das war ja auch so viel Eisen dort oben! Es geht ihm jetzt bestimmt besser. Und eine gute Mütze Schlaf renkt fast alles wieder ein, sage ich immer.«

Molly lächelte die alte Frau an. »Er ist so süß, wenn er schläft!«

»Das sind die meisten Babys«, pflichtete Miss Badcrumble ihr bei. »Jetzt wird die Königin die Kinder bestimmt freilassen.«

Molly seufzte, während sie den schlummernden Prinzen in den Händen wiegte. Leise Schnarcher entschlüpften ihm.

»Das hoffe ich, Miss Badcrumble. Bringen wir ihn nach Hause und finden es heraus. Mehr können wir nicht tun.«

»Meinen Sie, Sie schaffen es den Klippenpfad hinunter?« Molly warf der alten Flink einen zweifelnden Blick zu.

»Ach, Liebes!« Miss Badcrumbles Augen blitzten. »Ich bin diesen Pfad schon öfter hoch- und runtergelaufen, als mir lieb ist. Wie gesagt, manchmal bekomme ich schrecklich Heimweh.« Sie seufzte wehmütig. »Dann gehe ich entweder zum Brunnen oder eben zur Höhle.«

Molly bückte sich, um Arthurs Talisman aufzuheben. Sie waren jetzt an der Stelle, an der er ihn zurückgelassen hatte. »Na, dann los!«

Auch sie gewöhnte sich allmählich an den schwierigen

Abstieg, und das war nur gut, denn dieses Mal musste sie ja auch noch Dorne tragen. Am Fuß des Kliffs klopfte sie sich die Jeans ab und blies winzige Sandkörner aus Dornes weichem Haar; er regte sich nicht einmal.

»Hoffentlich kommen wir überhaupt hinein«, sagte Molly, plötzlich besorgt.

»Ich auf keinen Fall«, entgegnete Miss Badcrumble traurig. »Aber du hast Dorne dabei, einen Finsterflink, mehr braucht es nicht, damit der Schrumpfzauber funktioniert. Ich warte hier auf dich und hole Hilfe, wenn du nicht zurückkommst.«

Als ob mir in dieser Situation irgendjemand helfen könnte, dachte Molly düster. Falls die Dorfbewohner Miss Badcrumble überhaupt glauben würden.

Doch für solche Sorgen hatte sie jetzt keine Zeit. Sie holte tief Luft und betrat zusammen mit dem kleinen Prinzen die Höhle.

Sie waren noch nicht weit, als eine Hand nicht mehr ausreichte, um Dorne zu tragen. Sie musste ihn in beide Hände, dann in die Arme nehmen. Seine nackten Füße, die auf einmal gar nicht mehr so winzig waren, ragten bereits aus der Jacke. Bald war er so groß wie ein normales Menschenkind.

Nein, verbesserte Molly sich in Gedanken selbst, *ich* bin jetzt so groß wie eine normale zwölfjährige Finsterflink.

»Uff!«, murmelte sie, als sie ungefähr bei der Hälfte des Tunnels waren. »Jetzt bist du genau wie Jack, Dorne – viel zu schwer für mich.« Sie blieb stehen und kitzelte den Flink wach. Er blinzelte schläfrig, dann gähnte er und betrachtete mit seinen großen Augen die Schatten rundherum. Molly wappnete sich gegen seine scharfen Zähnchen. Jack benahm sich ja manchmal schon schlecht, aber diese Finsterflinks schienen von Natur aus Quälgeister zu sein, selbst so kleine wie Dorne und vor allem, wenn es darum ging, Menschen zu piesacken! Doch kaum hatte der Prinz erkannt, wo er war, belohnte er Molly mit einem schelmischen Lächeln. Sie stellte ihn auf seine kleinen nackten Füße, und zutraulich schob er die langen Klauenfinger in ihre Hand.

»Wir sind gleich zu Hause«, flüsterte Molly aufmunternd und zog den Prinzen sanft weiter.

Der lange dunkle Tunnel wirkte dieses Mal gar nicht so furchteinflößend, selbst als wieder das Bienensummen erklang. Sie hatte viel mehr Angst vor dem, was am Ende auf sie wartete. Dornes Hand in ihrer beruhigte sie ein wenig, als das schummerig grüne Licht des königlichen Palastes vor ihnen auftauchte. Molly hielt kurz inne und nahm all ihren Mut zusammen.

Gerade als sie weitergehen wollte, traten zwei schlanke Gestalten aus der Dunkelheit und versperrten den Weg. Helle Speerspitzen funkelten bedrohlich im Schein der großen Halle.

»Wer ist da? Zeigt euch!«

Die gespenstisch schrillen Stimmen hallten angriffslustig im Tunnel wider, und Molly überlief unwillkürlich ein Schauder.

»Nessi!« Dorne quiekte vor Freude und wand sich aus Mollys Griff, tapste auf eine der Wachen in Schieferrüstung zu – groß, mit langem Hals und einem scharfkantigen Gesicht, das von einem dichten moosigen Bart eingerahmt wurde – und schlang die Arme um seine Beine. Verdutzt ließ der Flink seinen Speer fallen.

»Sehen Sie nur, Hauptmann Nessel!«, rief die andere Wache, eine Finsterflinkfrau, die Molly mit durchdringenden Augen anstarrte. »Es ist Prinz Dorne!«

»Das ist unmöglich!« Der Flinksoldat ging in die Knie, hob das Kind hoch und betrachtete voll Staunen sein kleines Gesichtchen. »Dorne! Ich traue meinen Augen kaum. Du bist es wirklich!«

»Wo hast du nur gesteckt, kleiner Mann?« Das freudige Lachen der Wachfrau verstummte. Sie musterte Molly böse und richtete den Speer auf sie. »Du kommst mit uns!«

»Genau das hatte ich vor«, erwiderte Molly entschlossen. Sie klang viel selbstsicherer, als sie sich fühlte. Die Flinks schienen sie immer noch abgrundtief zu hassen, obwohl sie ihren Prinzen zurückgebracht hatte. Mollys Herz klopfte ängstlich. War sie gerade dabei, einen Riesenfehler zu machen?

»Hmpf. Ziemlich mutig von dir, noch einmal hierherzukommen«, sagte Nessel verschlagen. »Oder ziemlich dumm. Melisse, bring sie her!« Er beugte sich zu Dorne, um ihn in seine dürren Arme zu nehmen, aber der kleine Flink flatterte hoch, blieb vor Molly in der Luft stehen und fächelte ihr mit seinen schnellen mottenartigen Flügelschlägen Wind zu.

»Arm!«, befahl er und streckte die Klauenhände nach ihr aus.

Molly mied sorgfältig die scharfen Krallen, während sie Dorne umfasste und an sich drückte. Als sie über seine Schulter schaute, bemerkte sie einen eigenartigen Ausdruck in Nessels Gesicht. War es Überraschung oder Wut? »Na gut, Dorne, ich denke, ein kleines Stückchen kann ich dich noch tragen«, flüsterte sie dem Prinzen ins spitze Ohr.

Nessel betrat zuerst die Halle, danach kam Molly mit Melisses Speerspitze im Rücken. Ihr wurde jäh bewusst, wie allein sie war. Hunderte Finsterflinkaugen richteten sich von den Wurzelwegen und Blätterbögen auf sie. Nessel schritt auf den prachtvollen Pavillon der Königin zu, dicht gefolgt von Melisse und ihrer Gefangenen. Molly blickte sich hektisch um und suchte nach Arthurs Statue. Sie hatte befürchtet, die Finsterflinks hätten sie woanders hingebracht oder versteckt, aber dann entdeckte sie ihren versteinerten Cousin: Er stand noch an derselben Stelle am Rand der Halle. Erleichterung durchflutete sie.

Ich hol dich hier raus, Arthur!

»Eure Majestät!«, rief Nessel.

Die Königin saß auf ihrem Thron, umgeben von Wachen und Hofdamen, deren staubfarbene Flügel in der Luft sirrten. Sie erhob sich inmitten des aufgeregten Stimmengewirrs und trat vor. Molly schluckte und versuchte, dem Blick dieser tiefschwarzen Augen standzuhalten.

»Hauptmann Nessel! Was hat das zu bedeuten?«

»Freudige Neuigkeiten, Eure Majestät! Sie hat Euren Sohn zurückgebracht!«

Augenblicklich schwand alle Wut aus dem Gesicht der Königin, und ihre Lippen öffneten sich. Als Nessel zur Seite trat und den Blick auf Dorne in Mollys Armen freigab, war die Königin einen Moment lang selbst wie versteinert und starrte die beiden nur ungläubig an. Molly setzte den kleinen Finsterflink ab.

»Mama!« Dorne tapste auf seine Mutter zu, mit ausgestreckten Armen und wild flatternden Flügeln, um das Gleichgewicht nicht zu verlieren.

Da vergaß die Königin all ihre Erhabenheit, raffte die Röcke, rannte die übrigen Stufen hinunter und fiel vor ihrem Sohn auf die Knie, um ihn in die Arme zu schließen. Dornes glückliches Glucksen klang, als würden tausend Glöckchen klingeln.

»Dorne, mein kleiner Prinz, sie haben dich gefunden!« Die Herrscherin der Finsterflinks richtete sich wieder zu ihrer vollen Größe auf, Prinz Dorne in den Armen, und hielt ihn hoch, um ihn genau zu betrachten. Dorne griff nach der prächtigen Krone seiner Mutter und schubste sie ihr fast vom Kopf.

Molly lächelte, als sie das freudige Strahlen der sonst so ernsten Königin sah und das frohe Gelächter ihrer Untertanen hörte. Aber dann stellte die Königin ihren Sohn wieder auf die Füße, nahm ihn fest an die Hand und wandte sich Molly zu, das Gesicht einmal mehr furchterregend streng.

Sie richtete ihren langen Zeigefinger auf Molly. »Tritt näher!«

Die Königin wirkte so unerbittlich, dass Molly sich zu jedem einzelnen Schritt zwingen musste. Die Wachen fixierten sie grimmig und mit erhobenen Speeren.

»Ich verlange eine Erklärung! Wie hast du meinen Sohn gefunden? Wo war er?«

»Er war im L-Leuchtturm gefangen, Eure Majestät.« Molly räusperte sich nervös. »Melody hat ihn dorthin gebracht, weil sie ihn so liebhatte und ihn unbedingt behalten wollte. Sie wusste das … das mit dem Eisen nicht.«

Die großen Augen der Königin verengten sich zu Schlitzen. »Wohl wahr. Jeder, der meinen Sohn sieht, muss ihn einfach liebhaben, nicht wahr?«

Sofort fielen alle Finsterflinks in einen Chor eifriger Zustimmung ein.

War das ein positives Zeichen? Molly schluckte. »Melody liebt magische Wesen. Ich war in ihrem Zimmer, Eure Majestät. Es ist voll mit Spielzeugdrachen und Feen und Zauberern.«

Die Königin schürzte die schmalen Lippen.

Molly ließ nicht locker. »Melody Garland würde einem Finsterflink niemals weh tun – zumindest nicht absichtlich!«

»Versehentlich hingegen …«

»Aber sie wusste es nicht besser!«, rief Molly. »Außerdem ist Prinz Dorne nichts passiert, seht doch!«

Die Königin warf ihr einen grollenden Blick zu, aber als sie zu Dorne hinunterschaute, wurde ihre Miene sofort wieder weich. »Zum Glück für das Menschenkind, möchte ich meinen.«

»Ähm … was das angeht …« Molly bemerkte, dass sie ihre Finger schon genau wie Miss Badcrumble knetete. Sie ballte sie fest zu Fäusten und holte tief Luft. »Könntet Ihr die Menschenkinder jetzt nicht freilassen? Es gibt doch keinen Grund mehr, sie festzuhalten«, sagte sie mit lauter Stimme.

Die Stille, die darauf folgte, war so lang und bedrohlich, dass Molly schon befürchtete, sie hätte es vermasselt. Die Königin führte ihren Sohn zurück zu ihrem Thron, ließ sich anmutig darauf nieder und nahm Dorne auf den Schoß. Dann tippte sie nachdenklich mit den Krallen auf die Armlehnen, während sie Molly musterte.

»Was denkt Ihr, Hauptmann Nessel?«

Nessel räusperte sich höflich. »Der Prinz scheint wohlauf zu sein, Euer Gnaden. Vielleicht hat dieses Menschenkind tatsächlich die Gunst Eurer Majestät verdient.«

»Und sie hätte ja nicht zurückkommen müssen«, merkte eine andere Finsterflinkstimme an.

Molly warf ihrem Unterstützer einen dankbaren Blick zu und erkannte Baldrian. Er stand zwischen zwei Wachen, die Handgelenke mit Ackerwinde gefesselt, aber Molly seufzte erleichtert auf, weil seine Flügel noch immer an ihrem Platz waren. Er zwinkerte Molly zu, dann schien ihm plötzlich wieder einzufallen, wer sie war, und er funkelte sie grimmig an.

Die Königin nickte langsam. »Du magst ein ungeschickter Tölpel sein, Baldrian, doch du hast nicht ganz unrecht. Und auch das, was Hauptmann Nessel sagt, ist wahr.« Sie klatschte in die Hände. »Mein Volk! Hört mir zu!«

Als würde irgendwer etwas anderes wagen, dachte Molly. Ich kann mir kaum vorstellen, dass da jemand nicht die Ohren spitzt, wenn die Königin spricht.

»Ich erkläre hiermit, dass das Menschenkind Molly« – die Herrscherin bedachte sie mit einem leicht angewiderten Blick – »Unser Reich ungehindert und mit Unserer Dankbarkeit für die Rückkehr Unseres Sohnes verlassen darf. Und da ich heute besonders gut gelaunt bin, soll auch der Tölpel Baldrian, der den königlichen Tisch umgeworfen und unser Festmahl ruiniert hat, ohne Bestrafung freigelassen werden.« Sie schaute sich erwartungsvoll um, und wie auf Kommando brachen die Finsterflinks in tosenden Applaus aus.

»Aber Eure Majestät …«, setzte Molly an.

»Ruhe!«, donnerte die Königin. »Ich bin noch nicht fertig!«

»Ihre Majestät ist noch nicht fertig«, blaffte Nessel überflüssigerweise und piekste Molly mit dem stumpfen Ende seines Speers in den Rücken.

Die Königin blickte ihn scharf an, dann rückte sie ihre Krone gerade und schlang die dürren Arme noch enger um

Dorne. »Außerdem soll das Menschenkind ein Gegenmittel für den Versteinerungszauber erhalten.« Wieder klatschte sie in die Hände und winkte Molly zu sich, die zitternd näher trat. Eine Zofe mit schwarzweißen Schmetterlingsflügeln huschte neben die Königin und reichte ihr einen kleinen goldenen Tiegel, wobei sie Dorne ein hingebungsvolles Lächeln schenkte.

Mit einer schwungvollen Bewegung, die Molly an die Bühnenauftritte ihrer Mutter erinnerte, zog die Königin einen Zauberstab aus dem Ärmel ihres Mantels. Sie tippte ein, zwei, drei Mal auf den gläsernen Deckel des Töpfchens, bis eine Wolke aus blauem Rauch aufstieg.

»Nimm dies.« Die Königin wies in Mollys Richtung, woraufhin die Schmetterlingszofe zu ihr eilte und ihr den Tiegel überreichte. »Gebrauche es sparsam – mehr wirst du nicht bekommen.« Sie rümpfte hochmütig die Nase. »Falls du natürlich das eine oder andere Kind besonders lästig findest, kannst du es auch einfach so lassen, wie es ist.«

»Auf keinen Fall, Eure Majestät«, sagte Molly schnell. »Ich meine … ich würde sie gerne alle zurückverwandeln, wenn es … äh … Euch gefällt.«

»Es gefällt mir überhaupt nicht.« Die Königin lachte spöttisch. »Aber gut, es ist deine Entscheidung. Und jetzt fort mit dir, und zwar schnell, bevor ich es mir anders überlege!« Mit den langen knochigen Fingern verscheuchte sie Molly.

Molly machte hastig eine kleine Verbeugung und trat zurück. Sie wollte keine Sekunde länger als nötig hierbleiben. »Danke, Eure Majestät. Ich danke Euch vielmals.«

Die Finsterflinks bildeten eine Gasse und ließen sie durch zu Arthurs Statue, die einsam am Rand der Halle stand. Aufgeregt öffnete Molly das Töpfchen und schmierte etwas von der Salbe auf seine Steinhand. Das Zeug roch schwach nach eingelegten Walnüssen.

Sie hielt den Atem an. Einen quälend langen Moment passierte gar nichts, und Molly fragte sich schon, ob sie womöglich zu wenig Salbe benutzt hatte. Plötzlich schien der winzige Fleck jedoch weicher und rosiger zu werden, bis er einen hautfarbenen Ton angenommen hatte und sich schließlich zu echter zarter Haut glättete. Danach breitete sich der Fleck rasch aus, kletterte den Arm hinauf und zu jedem Finger hinunter, und noch bevor er die Schulter erreicht hatte, beugte und streckte sich Arthurs linke Hand. Molly ergriff sie und streichelte sie sanft.

»Na los, Arthur«, flüsterte sie ungeduldig.

Grauer Stein verwandelte sich in ein blaugrünes T-Shirt, einen Gürtel mit silberner Schnalle und Jeans. Jetzt spannte sich Arthurs anderer Arm an, und Molly konnte sehen, wie sich die Brust zu heben und zu senken begann. Dann kroch der Zauber über sein Gesicht, und plötzlich wehten Arthurs Haare im Luftzug vom Tunneleingang. Er stieß einen tiefen Atemzug aus.

»Arthur!«, rief Molly freudestrahlend.

Arthur blinzelte einmal verwirrt, grinste breit und zog

Molly in eine feste Umarmung. »Du hast es geschafft, Molly!«

»Ja!« Molly grinste zurück, während Arthurs Turnschuhe endlich dunkelblau statt grau wurden und er glücklich auf und ab wippte.

»Seid gewarnt!«

Die beiden drehten sich erschrocken um. Dorne, den die strenge Erhabenheit seiner Mutter ziemlich unbeeindruckt ließ, winkte mit den kleinen Klauen und entblößte glucksend die spitzen Zähnchen. Die Königin hatte sich wieder erhoben und legte eine Hand auf das Köpfchen ihres Sohnes, damit er still war.

Über ihre Untertanen hinweg richtete sie den Zeigefinger auf Arthur und Molly. »Die Zaubersalbe behält ihre Wirkung nur bis Sonnenuntergang. Wenn ihr die übrigen Menschenkinder bis dahin nicht zurückverwandelt habt, bleiben sie für immer versteinert.«

Molly lächelte Dorne zum Abschied zu, dann packte sie Arthur am Arm. »Wenn das so ist – nichts wie raus hier!«

Die Wachen traten zurück, während die beiden Kinder auf den Tunnel zum Strand zurannten. Sie tauchten in die Dunkelheit, konnten aber bald schon einen kleinen Lichtkreis ausmachen, und kurz darauf stolperten sie in die Höhle. Als Molly und Arthur blinzelnd im hellen Sonnenlicht ankamen, hatten sie wieder ihre normale Größe erreicht.

»Oh!« Miss Badcrumble kroch aus ihrem Versteck hinter

einem Felsen. »Ach, meine Lieben, Gott sei Dank geht es euch beiden gut!«

»Miss Badcrumble!« Arthur drückte die schlaffen Wollfinger ihrer Handschuhe. »Wir brauchen Ihre Hilfe!«

»Jederzeit.«

»Die Kinder«, schnaufte Molly. »Können Sie uns zeigen, wo sie alle stehen? Wir dürfen keins vergessen, sonst bleiben sie für immer versteinert.«

Miss Badcrumble glühte vor Eifer. »Ja, das kann ich auf jeden Fall. Seht her!«

Sie wühlte in ihren Flickenröcken und zerrte einen Stapel Fotos heraus, der von einem silbernen Band zusammengehalten wurde. Sie reichte ihn Molly mit einem zufriedenen Lächeln.

»Die Fotos von den Kindern! Super! Und das sind alle, ganz sicher?«

Miss Badcrumble nickte. »Ich habe sogar die geholt, die noch im Brunnen lagen, obwohl ich dafür an dieser fiesen rutschigen Wand hoch- und runterklettern musste«, erwiderte sie. »Sonst lässt mein Organisationstalent vielleicht zu wünschen übrig, meine Lieben, aber in der Zauberbuchführung macht mir noch immer keiner etwas vor. Das sind alle – bis auf Jack, aber den werdet ihr ja garantiert nicht vergessen.«

»Nein, der kommt gleich als Erster dran«, sagte Molly lachend. »Sie halten Ihre Unterlagen besser in Ordnung als Sergeant Garland!«

Der Aufstieg zur Spitze des Kliffs war sehr anstrengend, und oben angekommen, waren Molly und Arthur rotgesichtig und zerzaust.

»Wie spät ist es?«, japste Arthur.

Molly warf einen Blick auf die Uhr. »Fast Mittag. Und ich hab keine Ahnung, wie lange wir brauchen, also fangen wir am besten gleich an.«

Jack stand genau da, wo sie ihn zurückgelassen hatten, unterhalb der alten Eiche, mit einem verschmitzten Grinsen im Gesicht, eine Steinhand nach vorn gestreckt, die andere von einem einsamen Wollfäustling umhüllt. Jetzt, wo sie es fast geschafft hatten, geriet Mollys Zuversicht ins Wanken. Sie hatte auf einmal schreckliche Angst, dass die Salbe der Königin außerhalb der verzauberten Höhle nicht mehr wirken würde. Aber sie konnte nichts tun, außer Jack über den kleinen Kopf zu streichen, während sie den Deckel des Töpfchens öffnete.

»Na, dann hoffen wir mal, dass es klappt, kleiner Zauberer«, flüsterte Arthur.

Sanft rieb Molly zwei Finger voll Salbe auf die Hand ohne Handschuh, also die, die den längst verschwundenen Talisman weggeschleudert hatte, trat einen Schritt zurück und biss sich nervös auf die Unterlippe.

Eine Welle des Lebens rollte über den Rücken von Jacks kleiner Hand und färbte den Stein rosa. Molly hätte schwören können, dass sich seine Augenbrauen gespannt zusammenzogen, weil er unbedingt sehen wollte, wo sein

Glücksbringer landete. Der Wollpullover wurde grün, die Steinjeans verwandelte sich zurück in Stoff, während der Wind die blonden Haarsträhnen tosen ließ, und plötzlich taumelte Jack vorwärts.

»Wo ist er hin?«, rief er.

»Langsam!« Molly packte ihn, bevor er über den Klippenrand purzeln konnte. »Jack, du bist wieder da!«

»Was ist passiert, Molly?« Der kleine Junge machte ein verwirrtes Gesicht. »Hab ich geschlafen?«

»So was in der Art«, antwortete Arthur lachend. »Es fühlt sich so ähnlich an, nicht?«

»Was?«

»Ach, nichts, kleiner Zauberer.«

»O Jack!« Molly umarmte ihren Bruder so fest, dass sie ihn beinahe zerquetschte, und drückte ihm einen Kuss auf die Haare.

Jack beobachtete seine Fingernägel, die langsam wieder ihre normale Farbe annahmen, rosa und weiß mit schwarzen Rändern. »Lass mich endlich los, Molly! Sag mir lieber, was mit meiner Hand ist? Die fühlt sich so schwer an.«

»Mach dir darüber keine Gedanken.« Molly presste Jack an sich. »Dir wird nie wieder etwas zustoßen, dafür sorge ich!«

»Nie wieder?« Jack wand sich aus ihrem Griff und runzelte die Stirn. »Hört sich stinklangweilig an!«

»Da ist was dran«, murmelte Arthur und zwinkerte Jack zu.

Molly musste lachen. Ein Tag als Steinstatue hatte ihren kleinen Bruder kein bisschen verändert. »Wir bringen dich jetzt zu Miss Badcrumble, die macht dir heißen Kakao«, versprach sie.

»Gut, ich bin am Verhungern. Krieg ich auch Kekse?«

»Bestimmt. Und Arthur und ich müssen noch etwas sehr Wichtiges erledigen …«

10

Der dunkelhaarige Junge fing sein Jo-Jo auf, als es zurück in seine Hand schnellte. »Hey! Guck, Jodie, es klappt!«

»Endlich!« Das Mädchen mit den langen Locken verdrehte liebevoll die Augen. Dann bemerkte sie Arthur und Molly und runzelte die Stirn. »Hey, wer seid ihr?«

»Wir … äh … wir sind erst seit vorgestern auf Ravenstorm. Ich bin Arthur – und das ist Molly.« Arthur grinste. »Schön, euch kennenzulernen.«

»Ebenfalls. Ich bin Jodie. Und das ist Jamie, der läuft mir überallhin nach. Toll, dass es jetzt noch ein paar Kinder mehr hier gibt. Wir sehen uns!«

Sie schüttelte ihre Lockenmähne, wobei die letzten Steinschuppen abfielen und sich auflösten, nahm Jamie an der Hand und winkte Arthur und Molly zu, bevor sie sich auf den Weg nach Hause über die Felder machten.

»Irgendwie komisch, oder?«, hörte Molly Jodie noch zu Jamie sagen. »Ich fühle mich, als hätte ich ewig geschlafen …«

»Was jetzt?« Arthur spähte neugierig über Mollys Schulter, während sie die Fotos durchblätterte und überprüfte, ob sie auch wirklich alle Kinder gefunden hatten. Es waren insgesamt über zwanzig, und sie hetzten seit Stunden kreuz und quer über die Insel und suchten mit Hilfe der Ortsangaben auf der Rückseite nach den Statuen. Jetzt war nur noch ein Foto übrig.

»Wir sind fast fertig. Wir haben alle bis auf Melody!«

Arthur warf Molly einen düsteren Blick zu. »Ja, und mit der habe ich noch ein ernstes Wörtchen zu reden, bei dem ganzen Ärger, den sie uns eingebrockt hat …«

Molly lachte. »Das verraten wir ihr lieber nicht. Wenn sie nur ein bisschen Ähnlichkeit mit Jack hat, will sie das Ganze sonst gleich noch mal machen.«

»Gott sei Dank haben wir ihn bei Miss Badcrumble gelassen. Er hätte nie mit uns mithalten können. Und wie hätten wir ihn erst dazu gebracht, den Mund zu halten, wenn er gesehen hätte, wie die Statuen wieder lebendig werden.« Arthur schirmte mit einer Hand seine Augen ab und schaute in Richtung Westen. »Da, Molly! Die Sonne geht unter.«

»Dann rennen wir besser!«

Das taten die beiden auch, den ganzen Weg über die Felder bis zum Dorf, und als sie Sergeant Garlands Häuschen erreichten und das Gartentor aufstießen, waren sie völlig außer Atem.

»Sch«, flüsterte Arthur und warf einen besorgten Blick auf die langen Schatten, die das Trampolin in der goldenen Abendsonne warf. »Wir wollen ja nicht, dass Sergeant Garland denkt, wir würden ihre hübsche Statue kaputtmachen.«

Auf Zehenspitzen schlichen sie zu der lachenden Figur neben dem Trampolin.

»Na, du Satansbraten?«, begrüßte Molly Melody, bevor sie den letzten Rest Salbe aus dem Töpfchen der Königin holte und auf ihren Arm strich. Wie bei allen anderen verwandelte sich der Stein nach und nach in echte Haut, zuerst langsam, dann immer schneller. Melodys Wangen wurden rosig vor Wonne, während sie in die glühende Abendsonne blinzelte. Als die Dunkelheit schließlich über den Garten hereinbrach, sprang sie mit wippenden Haaren auf.

»Das war's«, sagte Molly. »Die Sonne geht unter.«

»Wir haben's geschafft!«, jubelte Arthur.

»Was geschafft?« Melody verschränkte die Arme und funkelte sie misstrauisch von unten an. »Wer seid ihr, und was macht ihr in meinem Garten? Seid ihr auf meinem Trampolin gewesen?«

»Schön wär's!«, erwiderte Arthur. »Wir mussten dich vor dir selbst retten.«

»Hör nicht auf ihn«, sagte Molly schnell. »Hi, Melody! Wir sind neu auf der Insel und wollten nur hallo sagen. Arthur wohnt von jetzt an hier!«

»Cool!«, sagte Melody. Begeistert warf sie die Arme in die Luft. Dabei löste sich ein letzter Steinsplitter von ihrem Fingerknöchel und fiel unbemerkt ins Gras. »Wollt ihr mit mir spielen?«

»Ich schätze mal, du musst gleich ins Bett.« Molly grinste. »Aber morgen stelle ich dir einen kleinen Jungen in deinem Alter vor, der bestimmt ganz wild darauf ist, mit dir zu spielen.«

»Gut!«, verkündete Melody. »Hey, wollt ihr mein Zimmer sehen? Ich hab was echt Cooles gemalt, etwas, das ich gefunden habe, in Mamis Steingarten. Ich glaube, er hatte sich verlaufen, und ich hab ihn in Sicherheit gebracht. Ich hab ihn noch niemandem gezeigt, aber ihr seid meine neuen Freunde und …«

»Na, na, langsam, Melody!« Sie ist genau wie Jack, dachte Molly und lächelte in sich hinein. »Morgen, okay? Und außerdem findest du vielleicht raus, dass das alles nur ein Traum war, also freu dich nicht zu früh.«

»Es war kein Traum! Ich hab wirklich einen kleinen …«

»Einen kleinen Elf gefunden?« Arthur kniete sich vor Melody und schaute ihr feierlich in die Augen. Ihr blieb vor Überraschung der Mund offen stehen.

»Woher weißt du …?«

»Zauberei«, flüsterte Arthur. »Aber die Zauberei ist eine seltsame Sache. Und komische kleine Elfen sind besonders gut in Verschwindezaubern. Hab ich recht, Molly?«

»O ja!«, pflichtete Molly ihm bei. »Und meine Eltern sind Zauberer, deswegen kenne ich mich damit aus.«

»Sei also nicht enttäuscht, wenn dein neuer Freund nicht mehr da ist«, warnte Arthur. »Das heißt nur, dass er gezaubert hat.«

Melody nickte, Augen und Mund immer noch weit aufgerissen. »Zauberei …«

Arthur beugte sich zu Molly: »Und zwar echte! Bist du dir sicher, dass sie dir nach alledem immer noch gefällt?«

»Ja«, antwortete Molly und lächelte. »Ich glaube schon.«

»Kinder!«, rief Sergeant Garland, als sie die blaue Haustür aufriss. »Da seid ihr ja!« Sie lächelte. »Melody, Zeit fürs Bett, na los, Mäuschen.«

Molly und Arthur tauschten einen bedeutungsvollen Blick. Anscheinend hatte Sergeant Garland völlig vergessen, dass Melody je weg gewesen war, genau wie sie vorher vergessen hatte, dass es sie überhaupt gab!

»Zauberei!« Arthur formte das Wort lautlos mit den Lippen.

»Ein Trampolin!«, schrie eine Stimme hinter ihnen. Sie drehten sich um und sahen, wie Jack sich von Miss Badcrumbles Hand losriss und jauchzend vor Freude in den Garten geflitzt kam.

»Hallo!«, rief Melody. »Sollen wir zusammen springen?« Und bevor Sergeant Garland sich ihre Tochter schnappen konnte, hüpften Melody und Jack schon wie verrückt auf dem Trampolin herum und lachten sich kaputt.

»Ich wusste, dass ich euch hier finden würde!« Miss Badcrumble winkte. »Meine Lieben – Mason hat mich aus dem Schloss angerufen. Herrjemine. Ihr müsst sofort nach Hause! Es ist sehr wichtig.«

»Was ist los?«, fragte Arthur perplex.

»Oje. Das hat er nicht gesagt.« Miss Badcrumble presste sich die behandschuhten Finger auf die Brust.

Sergeant Garland rieb sich die Arme in der plötzlichen Abendfrische, während sie zu ihnen eilte. »Kommt. Ich fahre euch schnell mit dem Polizeiauto hin.«

So beruhigend, wie sie konnte, drückte Molly Arthurs Arm.

O bitte, lass nicht noch was passiert sein. Nicht jetzt, wo wir gerade alles wieder in Ordnung gebracht haben.

Miss Badcrumble dachte wohl dasselbe, denn sie rang nervös die Hände, als Sergeant Garland die Tür des Streifenwagens aufmachte und Molly und Arthur hineinklettern ließ. »Oh, meine Lieben, ich hoffe wirklich, dass alles in Ordnung ist.«

»Jack!«, brüllte Molly. »Komm sofort her!«

Ausnahmsweise zeigte Mollys Tonfall Wirkung. Betreten kletterte Jack vom Trampolin und kam zum Wagen gerannt, während Melody ihre Hand in die von Miss Badcrumble schob.

»Ich bleibe hier bei Melody!«, rief die alte Frau.

»Vielen Dank. Ich bin in zehn Minuten wieder da, Mäuschen. Miss Badcrumble passt so lange auf dich auf.« Und schon ließ Sergeant Garland den Wagen an und bretterte davon, dass der Schotter spritzte.

Die Fahrt nach Schloss Ravenstorm dauerte nicht lang. Mollys Herz klopfte laut, und Arthur kaute auf seiner Lippe herum. Sergeant Garland sagte kein Wort, sondern konzentrierte sich auf die kurvenreiche Straße, die sie hin und wieder verließ, um einem Traktor oder einem verirrten Schaf auszuweichen.

Endlich kam die mit Raben verzierte Einfahrt des Schlosses in Sicht, und als Sergeant Garland schwungvoll vor der gewaltigen Eingangstür bremste, knirschte der Kies nur so. Molly und Arthur hatten bereits die Anschnallgurte gelöst und sprangen aus dem Auto. Molly hielt Jack fest an der Hand und zog ihn hinter sich her.

Arthur stieß die Haustür auf. »Dad! Ihr seid wieder da!«

Onkel Bill wirbelte erschrocken herum. Er sah müde aus, mit dunklen Ringen unter den Augen, aber er lächelte. »Rennt ihr eigentlich immer so? Keine Panik! Wir dachten nur, ihr würdet gern so schnell wie möglich nach Hause kommen.«

»Warum?«, keuchte Arthur. »Was ist passiert?«

»Nichts ist passiert«, antwortete Onkel Bill und lachte. »Wir dachten, dass ihr bestimmt unseren neuen Familienzuwachs kennenlernen wollt.«

Molly sog überrascht die Luft ein. Vor lauter Angst und Aufregung um Prinz Dorne und die Ravenstormkinder hatte sie völlig vergessen, warum ihre Tante und ihr Onkel eigentlich weggefahren waren.

»Oh!« Arthur klappte die Kinnlade runter, als seine Mutter aus der Küche kam und sogar noch müder, aber auch noch glücklicher aussah als Onkel Bill, wenn das überhaupt möglich war. Auf dem Arm trug sie ein winziges Bündel, eingewickelt in eine weiche rosafarbene Decke.

Überglücklich rief Arthur aus: »Meine Schwester!«

»Deine Schwester Harriet.« Tante Catherine lächelte und legte das Baby behutsam in Arthurs Arme. »Was hältst du von ihr?«

Ehrfürchtig betrachtete Molly das Bündel. Pausbäckchen, fest zugekniffene Augen, perfekte winzige Finger in perfekten winzigen Fäusten. Und nirgendwo auch nur ein Steinschüppchen. Sie hatten den Fluch ganz gebrochen, gerade rechtzeitig vor Harriets Ankunft.

»Sie ist wunderschön«, rief Molly. »Einfach perfekt!«

»Ja, wirklich.« Arthurs Augen leuchteten.

»Schön, dass sie euch gefällt«, meinte Onkel Bill lachend. »Schließlich werden wir sie so schnell nicht wieder los.«

»Und hier war alles in Ordnung?«, fragte Tante Catherine und nahm Harriet wieder an sich, die mittlerweile aufgewacht war und mit dem zahnlosen Mund am kleinen Finger lutschte. »Keine Zwischenfälle?«

Molly tauschte einen Blick mit ihrem Cousin und musste sich ein Grinsen verkneifen; auch Arthurs Mundwinkel zuckten verräterisch.

»Keine Zwischenfälle«, brachte sie schließlich heraus. »Alles lief … bestens!«

»Allerdings«, bemerkte eine Stimme feierlich. »Die Kinder haben sich wirklich hervorragend um alles gekümmert.«

Molly drehte sich um. Es war Mason, der dort in der Eingangshalle stand, mit gefalteten Händen und ausdruckslosem Gesicht. Als Harriet anfing zu jammern und Tante Catherine und Onkel Bill sich um sie kümmerten, trat Molly auf ihn zu.

»Hallo, Mason.« Sie ließ sein Gesicht nicht aus den Augen, doch der Butler verzog keine Miene. Genauso gut hätte er aus Stein sein können, wie die Statuen der verschwundenen Kinder. »Haben Sie heute schon die Katzen gefüttert?«

»Glaubst du, ich würde jemals die Streuner vergessen, Molly?« Er klang sehr ernst. »Mit denen stellt man sich besser gut.«

»Mason!« Molly hielt die Spannung nicht länger aus. Sie senkte die Stimme zu einem Flüstern. »Sie wissen schon, wer Ihre Milch trinkt, oder?«

»Aber ja, Molly, streunende Katzen, wie du gesagt hast.« Seine steinerne Miene bekam nicht den geringsten Riss. »Diese armen Wesen kommen von weit her für ein bisschen Milch.«

Molly warf ihm einen bösen Blick zu. »Haben Sie von Anfang an von den Finsterflinks gewusst?«

Er neigte leicht den Kopf, um ihren Blick zu erwidern. »Was genau sind denn Finsterflinks, Molly?«

»Na, Sie wissen schon – so kleine Dinger mit großen Flügeln, scharfen Zähnen und schlechter Laune?!«, kam es grimmig von Arthur, der sich zu ihnen gesellt hatte.

»Wollt ihr mir etwa erzählen, dass es so etwas tatsächlich gibt?«, fragte Mason mit vor Spott triefender Stimme.

»Das wissen Sie ganz genau!«, zischte Arthur.

Mason schüttelte den Kopf und seufzte: »Es muss schön sein, wenn man jung ist und noch eine so rege Vorstellungskraft hat. Ich weiß wirklich nicht, wovon ihr da redet.«

Molly kniff die Augen zusammen und verzog den Mund. »Und da sind Sie sich sicher?«

»Ganz sicher«, antwortete der Butler leise. »So etwas wie Finsterflinks gibt es nicht. Da könntet ihr mir auch gleich erzählen, die Wasserspeier wären zum Leben erwacht!« Und mit einem Zwinkern drehte er sich um und schlurfte zurück in Richtung Bibliothek.

Molly schnappte nach Luft, starrte ihm nach und knuffte Arthur in die Seite. »Der fehlende Wasserspeier!«

»Du glaubst doch nicht …« Arthur bekam Stielaugen.

»Doch!« Molly lachte entsetzt auf. »Euer Butler ist ein Wasserspeier!«

Die beiden konnten gar nicht mehr aufhören zu kichern, während sie auf der Suche nach einer Tasse heißem Kakao in die Küche liefen. Auf Ravenstorm würde es viel lustiger werden, als Molly gedacht hatte – und viel aufregender noch dazu.

Sie war noch nicht einmal drei volle Tage hier und hatte schon einen neuen Freund gefunden und eine nagelneue kleine Cousine bekommen. Sie hatte ihren Bruder gerettet, die furchteinflößende Königin der Finsterflinks überlistet und einen lebendigen Wasserspeier getroffen.

Das würde ein wirklich magischer Sommer werden …

Bist du schon auf Mollys und Arthurs nächstes Abenteuer gespannt? Dann blättere schnell um …

LESEPROBE

Gillian
Philip

Die Geheimnisse von Ravenstorm Island

Das Geisterschiff

Im Buchhandel erhältlich!

LESEPROBE

Molly und Arthur trugen ihre Schwimmsachen schon unter den Kleidern, deshalb schlüpften sie einfach aus ihren Jeans und T-Shirts, warfen sie auf den nächsten Felsen und rannten dann jauchzend ins Meer. Das Wasser war so kalt, dass Molly die Luft wegblieb, aber das war nur der erste Schock: Sobald sie sich an die Temperatur gewöhnt hatte, fühlte es sich ganz angenehm an. Nach ein paar schnellen Schwimmzügen drehte sie sich auf den Rücken und schaute in den blauen Himmel, während sie sich faul von den Wellen treiben ließ. Seemöwen kreisten schreiend über ihr, und vom Kliff konnte sie das Gekreische der Papageientaucher und Klippenmöwen hören. Sie schloss die Augen und ließ sich von der Sonne wärmen.

Plötzlich platschte ihr Wasser ins Gesicht, und sie fuhr prustend hoch. Arthur kicherte und spritzte ihr noch einen Schwall entgegen.

»Ist das nicht toll?«

Molly lachte und schickte einen großen Spritzer zurück in seine Richtung, traf allerdings nur seine Beine, denn ihr Cousin war schon wieder untergetaucht und vollführte einen gekonnten Unterwasserhandstand. Sie musste grinsen.

Noch vor ein paar Wochen hätte sie sich wahrscheinlich über Arthurs Neckerei geärgert, aber Kinder vor fiesen Finsterflinks zu retten hatte sich als großartige Methode erwiesen, Freundschaft zu schließen. Mittlerweile waren Arthur und sie zwar über die Anfangsschwierigkeiten hinweg, aber ihr frecher Cousin verdiente trotzdem eine Rachedusche, beschloss Molly. Sie wartete im seichten Wasser auf ihre Chance – irgendwann musste Arthur schließlich wieder auftauchen …

Genau in diesem Moment bemerkte sie eine flackernde Bewegung in der Ferne. Sie zog die Augenbrauen zusammen und starrte auf den Fleck am Horizont.

»Hey, du willst doch wohl nicht aufgeben, oder?«, tönte es da genau hinter ihr.

Molly drehte sich um. »Ach, Mist! Jetzt hätte ich dich erwischen können.«

»Tja, Chance verpasst.« Ihr Cousin schwamm träge zu ihr herüber. »Was ist los?«

»Da hinten, siehst du?« Molly musste die Augen gegen die Sonne abschirmen. »Sieht aus wie ein altes Schiff. Du weißt schon, so eins mit Segeln und hohen Masten.«

Vielleicht war es aber auch nur eine optische Täuschung, überlegte Molly, und das Schiff war nur eine Lichtspiegelung. Denn als sie die Augen zusammenkniff, um es schärfer sehen zu können, verschwand es einfach. Molly blinzelte und rieb sich das nasse Gesicht.

»Wo ist es hin?«, fragte Arthur, der das seltsame Schiff

offenbar auch gesehen hatte. »Zurück hinter den Horizont?«

»Ich … glaube schon.« Molly war verwundert, aber eine andere Erklärung gab es nicht.

»Hey!« Jack plantschte im knietiefen Wasser und deutete in die Ferne. »Das Schiff da hat sich in Luft aufgelöst! Einfach so!«

»Jack!«, schimpfte Molly und schwamm auf ihren kleinen Bruder zu. »Komm ja nicht weiter rein ohne deine Schwimmflügel!«

Doch Jack zeigte sich unbeeindruckt von Mollys Ermahnungen. »War das Zauberei?«, fragte er mit großen Augen. »Es ist einfach verschwunden.«

»Das war bloß eine optische Täuschung.« Trotzdem spürte Molly leise Zweifel in sich aufsteigen. »Ein Trick. So was, wie Mum und Dad auf der Bühne machen.«

Jack ließ sich nicht beirren. »Aber wieso sollte jemand ein Schiff wegzaubern?«

»Niemand hat …«, fing Molly entnervt an, aber Arthur tippte ihr auf die Schulter und zeigte aufs Meer hinaus.

»Wir sollten besser raus aus dem Wasser, Molly.« Ihr Cousin klang enttäuscht. »Das war's wohl wieder mit dem Sommer.«

Und tatsächlich hatten sich von einer Sekunde auf die andere dicke Wolken gebildet, und Molly spürte an den Wangen, dass der Wind merklich aufgefrischt hatte. Als sie sich umwandte, war der Horizont genauso plötzlich verschwunden wie vorher das Schiff. Der vertraute Ravenstormnebel zog auf, eine trübe, feuchte Wand aus weißen Wolken, die sich schnell über das Meer schob. Jetzt wurde auch noch das Wasser unruhig. Eine große Welle erfasste Molly und setzte sie ein Stückchen weiter wieder ab; die unerwartete Kraft der Strömung verursachte ihr ein flaues Gefühl im Magen.

»Du hast recht, Arthur«, sagte sie trübselig und schwamm hinter ihrem Cousin her zum Ufer, gegen den Sog der abfließenden Wogen.

Ihre Knie stießen auf Sand, und sie und Artur stolperten aus dem Wasser. Molly packte den widerspenstigen Jack an der Hand, während sie zu ihren Kleidern rannten. Ihr kleiner Bruder hatte es gut: Er hatte seine Klamotten gar nicht erst ausgezogen, sondern war einfach in seinen Shorts ins Wasser gewatet. Molly und Arthur aber mussten sich schnell abtrocknen und sich in ihre sandigen Jeans und T-Shirts winden, die unangenehm an ihrer feuchten Haut klebten.

»Uh!«, rief Arthur, als die ersten dicken Regentropfen sie trafen. Er schnappte sich seine Turnschuhe und sprintete mit eingezogenem Kopf durch den mittlerweile strömenden Regen zur Straße. Dann griff er nach Jacks Hand und zog ihn auf die Betonrampe, die den Anfang der Seegrasgasse bildete. Molly kletterte hinterher, bevor sie einen Blick zurück aufs Meer warf.

Wie konnte das Wetter nur so schnell umschlagen? Das erinnerte sie unbehaglich an jenen Tag vor ein paar Wochen oben auf dem Kliff, als sie Jack an die jähzornige Königin der Finsterflinks verloren hatten. Damals war der Nebel auch ganz ohne Vorwarnung aufgezogen. Molly gewöhnte sich zwar allmählich an das wechselhafte Wetter auf der Insel Ravenstorm, aber es war trotzdem ärgerlich.

Jetzt toste das Meer, Wellen schlugen krachend an den Strand und zerrten am Sand. Der Wind heulte, während er die Möwen so heftig hin und her schleuderte, dass sie wie weiße Stofffetzen über den Himmel flatterten. Donner polterte in der Ferne, und Regen prasselte auf die Kinder herab. Es war sinnlos, sich irgendwo unterzustellen, sie waren sowieso schon nass bis auf die Haut.

»Da! Ein Boot!«, rief Jack und zog an Arthurs Hand, damit der sich wieder umdrehte. »Schau!«

»Da ist bestimmt kein – Oh!« Molly schlug sich die Hände vor den Mund. »Arthur!«

Die drei starrten erschrocken durch die Regenwand. Jack hatte recht: Das geheimnisvolle Schiff mit den hohen Masten war zwar nirgendwo mehr zu sehen, doch da draußen im wütenden Wasser war eindeutig ein Boot. Es wurde von den turmhohen Wellen umhergeworfen und von seinem losen Segel auf die Seite gezerrt. Die Kinder hielten den Atem an: Das Wasser schlug bereits über Bug und Deck. Sie sahen zu, wie das Boot einen Halbkreis beschrieb und dabei immer mehr Schlagseite bekam.

»Die stecken in Schwierigkeiten«, rief Molly. »In richtig großen Schwierigkeiten!«

»Wir müssen Hilfe holen«, rief Arthur. »Das ist nur ein kleines Segelboot! Die gehen unter, wenn wir nichts tun!«

»Kommt schnell«, schrie Molly über den heulenden Wind und die donnernden Wellen hinweg. Sie packte Jacks freie Hand und zog ihn zusammen mit Arthur weiter, so schnell sie konnten, die Seegrasgasse hinauf.

»Wohin?«, keuchte Arthur. »Wem sollen wir es sagen?«

»Na dem, der im ersten Haus wohnt, das wir finden. Los!« Molly zerrte Jack hinter sich her. »Ich hab keine Ahnung, wo die Küstenwache ist, aber die Leute hier wissen es bestimmt!«

Links von ihnen kam ein rostiges Eisentor in Sicht. Arthur stieß es auf und rannte den Gartenweg entlang. Molly folgte ihm, und Jacks kurze Beine flogen nur so über den Boden, um hinterherzukommen. Hoffentlich ist das Haus nicht an Touristen vermietet, betete Molly – die würden nämlich garantiert auch nicht wissen, was jetzt zu tun war. Und dann müssten sie weitersuchen und würden kostbare Zeit verlieren … nicht auszudenken!

Die ganze Geschichte findest du im zweiten Band der Ravenstorm-Serie – im Buchhandel erhältlich!

Die englische Originalausgabe erschien 2015 unter dem Titel
Mysteries of Ravenstorm Island. The Ship of Ghosts bei Orchard Books, London

Series created by Working Partners Limited
Für die deutschsprachige Ausgabe:

ISBN 978-3-7373-5215-4